COLLECTION FOLIO

Marc Villard

Un jour
je serai latin lover

Gallimard

Né en 1947, Marc Villard dépeint un univers peuplé de personnages écrasés par la société, à l'instar de l'un de ses romanciers favoris, Horace McCoy.

Marc Villard est le scénariste de *Taggers* de Cyril Collard. Il a reçu deux fois le prix Jazz et polar pour *Cité des anges* et *Rebelles de la nuit*.

Son recueil *J'aurais voulu être un type bien* a reçu le Trophée 813 de la nouvelle.

« Ce qu'il y a de mieux chez Picard Surgelés, c'est le rayon poissons.
Surtout la morue. »

Tonino Benacquista.

hell
L'enfer, c'est les autres.

Jean-Paul Sartre.

Vincent et moi

Je prends régulièrement mes quartiers d'été du côté de Saint-Rémy-de-Provence. La descente vers le sud évoque un exode avec les enfants, la chatte, les valises, les trois guitares de mon fils aîné, mais Christine mène toute sa troupe d'une poigne de fer. Une fois rendus sur les lieux, nous n'avons de cesse de pouvoir arpenter les Alpilles en tous sens, et ce malgré les affiches « Promenades interdites » qui pullulent aux abords de la chaîne. Les saillies blanchâtres de la roche viennent s'inscrire dans la marée verte des pins et des amandiers, le soleil tape comme jamais et tout là-haut, caressant les plus élevés des pics, des aigles tournoient dans le ciel uniformément bleu.

L'une de nos promenades préférées consiste à longer les ruines de Glanum et à grimper dans la splendeur vers la roche des Deux-Trous qui parade à trois cents mètres d'un relais de télévision. La pente est rude, la végétation se modifie et le sol raviné par les pluies de l'hiver est tapissé de cailloux blanchâtres qui roulent sous nos pieds. Parfois, un marcassin affolé traverse le chemin et rejoint sa meute qui bouscule les fourrés avec la grâce d'un troupeau d'éléphants.

Notre récompense, après avoir peiné sur des sentiers pentus, consiste à gagner la roche des Deux-Trous qui s'élève au-dessus de nos têtes, majestueuse et ravinée par le mistral.

Nous nous encadrons dans les anfractuosités et découvrons Saint-Rémy, la Crau, Eyragues, Cavaillon. Les enfants essaient de reconnaître des maisons amies, un hôtel, la piscine municipale.

Puis, repus de vent, de soleil et d'une joie intense et puérile qui nous laisse croire que ce décor nous est dédié, nous redescendons par le vallon de Saint-Clerg. La végétation, différente de Valrugues, plus serrée, plus dense, est régulièrement décimée par les tranchées pare-feu, hélas nécessaires.

Parvenus sur le plat, nous passons dans un véritable défilé de western qui m'évoque irrésistiblement *Les Professionnels*, le film de Richard Brooks. Puis la Provence reprend ses droits et nous regagnons la route par le chemin de la Croix-des-Vertus.

Il nous arrive aussi de prolonger notre excur-

14

sion en bifurquant sur une petite route qui nous ramène vers l'hospice Saint-Paul-de-Mausole. Les murs de pierre de l'hôpital psychiatrique s'étirent face aux oliviers et aux premiers contreforts des Alpilles.

Et là, dans la lumière éclatante, je plisse les yeux et j'arrive à distinguer Vincent. La fenêtre de ce qui fut sa chambre m'est inconnue mais le monde entier sait la terre brûlante et les arbres desséchés qui s'offraient à son regard.

Oui, je vois Vincent penché sur une lettre destinée à Théo, évoquant les pauvres bougres qui l'entourent, ses dernières toiles et le sentiment que maintenant ça va peut-être aller mieux. Qu'il va peut-être arriver à traduire un peu de cette merveille qui cerne l'hospice. Je vois Vincent avec sa permission de sortie, la barbe rêche, le regard serré, dévalant la route des Baux, ses pans de veste happés par le mistral. Puis il bifurque à droite dans l'ombre des platanes et se pose à la terrasse du premier café venu.

Chez Silvio.

Vincent boit dans la torpeur du soir, fuyant cette douleur dans sa tête et les soubresauts de son cœur. Des voyageurs suisses dévisagent cet homme étrange qui doute de tout et qui, peut-être, envisage déjà d'en finir. D'acheter un pistolet, de l'enfouir dans sa poitrine, de fermer les

yeux sur Auvers et de pénétrer dans la matière
opaque.

Poussant les enfants d'une main ferme, je
prends moi aussi une table chez Silvio qui
repose sous la terre brûlée de Provence. Lau-
rence, sa petite-fille aux yeux noirs que l'ar-
chéologie fait rêver, vient vers nous et nous
échangeons quelques propos sur la fête du
15 Août, un accident à Saint-Étienne-du-Grès et
l'arrivée des touristes italiens.

Nous sommes donc là, au centre du monde —
tel Vincent, le cœur en maraude —, ruisselants
de sueur et discutant déjà de la promenade à
Romanin du lendemain. Je ferme doucement
les yeux, j'en oublie même Vincent. Je pense : le
monde est comme il est, le monde est comme il
doit être. Je suis dans la vie, lentement, intensé-
ment.

Puis, la tête pleine des cyprès tordus du peintre,
nous redescendons vers Eyragues, éblouis et —
faut-il l'admettre ? — probablement heureux.

Comme un lundi

Mercredi matin. J'arrive peinard à neuf heures et pousse la porte du studio de création, le cœur en fête, l'âme en paix. Le téléphone grésille sur mon bureau. Je consulte le voyant numérique. Adrénaline : l'assistante du pédégé. Je décroche, déjà liquide.

— Heu... oui ?
— Marc. Il veut vous voir.
— Ah...
— Tout de suite.
— Bon, je monte.
— C'est ça.

Polaire, la chère Agnès. Du coup, je file aux toilettes, les jambes flageolantes, pour resserrer ma cravate et surveiller l'ordonnancement de ma mèche, celle qui cache ma calvitie.

Enfin prêt, je pénètre dans l'ascenseur et appuie sur le bouton du neuvième étage. Là-haut tout est feutré, bon chic, bon genre. Sa

19

porte est fermée. Les deux assistantes lèvent le nez à mon approche et se replongent dans leurs travaux futiles. Je reste donc comme une pauvre cloche, un pied dans le couloir, un pied dans le bureau des assistantes, lorgnant la porte matelassée qui opacifie tous les bruits.

Je toussote :

— Euh... il y a quelqu'un avec lui ?

— Il a New York en ligne.

J'opine, déférent. Ça me paraît un rien bizarre d'appeler New York à neuf heures du matin, compte tenu des six heures de décalage horaire, mais il faut lui rendre ça : il peut faire ce genre de chose. Des gens affairés, sapés comme des milords, glissent sur la moquette, me dévisageant sans vergogne. Oui, je ne suis pas un habitué de l'étage. Que peut-il me vouloir à neuf heures du matin ? Je repasse en accéléré toute la semaine précédente et ne trouve aucune fausse note qui pourrait être à l'origine de cette convocation. Les deux créatures se chuchotent quelques mots, le verbe persifleur. Je tends l'oreille :

— Il revient à peine de Corée et il est déjà en train de les emmerder.

— Paraît que Cheung est sur la sellette.

— Ils sont tous sur la sellette.

Voilà qui me remonte le moral. Voyons voir, la Corée, non, ça ne me dit rien. On leur four-

20

nit du matériel publicitaire comme à tous les pays du monde. Du monde libre, il dirait.

Et, là, j'imagine le pire : un *print* lumineux merdique juste à la sortie de l'aéroport de Séoul. Je peux arguer qu'il s'agit d'une fabrication locale, un boulot non authentifié, bidouillé par les nyakoués. Faut pas qu'il m'emmerde, ce matin j'ai mes nerfs.

Dix minutes d'attente à Sentier parce qu'un connard s'est foutu sur la voie à Saint-Lazare. Font chier, les désespérés, à se suicider exprès aux heures de pointe. Ce genre de saloperie ultime, tu la payes en débarquant au ciel. Jésus senior doit te narguer en faisant *tss tss* entre ses dents.

Bon, il arrive, le king ?

Justement, la porte s'ouvre à la volée et le président, bretelles Kenzo en bataille, apostrophe la fourbe Agnès.

— Vous collerez Brody au Plaza pour le séminaire du 9.

— Et le Crillon ?

— Annulez. S'il fait des histoires, on le case au Méridien. Cinq pour cent sur le deuxième trimestre, je ne vais pas laisser passer ça. Bon, vous m'appelez Edwards à Singapour.

— Monsieur, Marc est là.

Il se tourne vers moi, presque souriant.

— Ah oui, bonjour, entrez donc.

21

Je m'exécute. Il me contourne, m'indiquant un siège, et décroche immédiatement son téléphone.

Trois coups de fil plus tard je suis toujours à la même place et deux directeurs de filiales se sont fait remonter les bretelles.

Il lève les yeux, étonné.

— Ah, oui, murmure-t-il.

Puis plonge en marmonnant dans le tas de saloperies qui agrémente son bureau. Une lettre de licenciement ? Enfin, il tire à lui un magazine et me l'ouvre à la page 32.

— Voilà, j'étais depuis deux heures à Séoul et je tombe là-dessus. Expliquez-moi ça !

Je baisse les yeux sur une double page publicitaire consacrée à notre dernier parfum. Le mannequin — Eva Machinchose — a la peau blafarde, les yeux rouges et notre flacon, d'orangé qu'il était, paraît carrément verdâtre. Empaffés de Coréens. Bon, Marco, te laisse pas abattre.

— Hein ? fait-il, triomphant.

— Effectivement, l'impression est nulle, mais tous les films qui partent de Paris sont impeccables. Il faut admettre que les Coréens sont de mauvais imprimeurs et leur matériel est complètement dépassé.

— Bon, admettons. Qu'est-ce qu'on peut faire ?

— Rien, nous n'avons aucun moyen de contrôler les supports. On peut simplement demander une repasse.

— C'est pour le juridique. J'en parle à Larrière.

— C'est ça. Heu... il y avait autre chose?

— Hein? Non, non, c'est tout. Merci, Marc.

Je n'ose y croire et, en reculant, gagne la porte. Je m'attends à ce qu'il me rappelle, mais non, le miracle est bien réel. J'ai sauvé ma précieuse peau, les mecs.

Du coup, je passe devant le bureau des assistantes l'œil lointain, quasiment royal. En patientant devant la cage d'ascenseur, je remarque deux contrôleurs de gestion, occupés à déceler sur mon visage les stigmates d'un échec définitif. Une faille qui les conforterait dans leur position de survie à l'étage de tous les dangers.

Je ricane, tel un crotale sous amphétamines. Nous nous hissons dans l'habitacle et commence alors un périple un peu longuet. Lors d'une halte au troisième, deux jeunes tueuses du marketing — prêtes à mourir pour une demi-part de marché — me dévisagent, intriguées.

— Vous descendez du ciel, Marc?

— De l'enfer.

— Hein? Vous étiez au neuvième?

J'opine du chef, énigmatique. Leurs cerveaux se mettent en branle à dix mille tours.

— Il est comment, ce matin ?

— Radieux.

Elles supputent une prime inopinée voire un ovni : une putain d'*augmentation*.

— On déjeune ensemble ? propose l'anorexique.

— J'ai un boulot monstre, j'essaierai de me libérer. Le président m'a confié une recherche top secret.

— Allez, Marc, juste une salade et un yaourt, frétille celle qui arbore deux herpès.

— Okay, mais je ne dirai rien. J'ai promis d'être une tombe. Ha, ha !

Elles ricanent nerveusement alors que l'ascenseur stoppe au premier étage devant le directeur Marketing France qui, décomposé, brandit le dernier *forecast*.

— Neuvième, commande-t-il.

Un grand froid souffle dans le studio métallique.

Marie-Martine ose *la* question :

— On est comment sur le dernier mois, Pierre-Jean ?

— On a perdu vingt pour cent sur les féminins.

Rez-de-chaussée ; je m'extirpe de la cohue. Derrière moi, la veillée mortuaire a commencé.

Enfin, je réintègre le studio pour pouvoir buller calmos après avoir mouché les petits hommes jaunes. Ces nains me foutent dans la merde tous les six mois : qu'ils ne comptent pas sur mon franc fort pour relever leur économie rachitique. Depuis dix ans j'engloutis tout mon fric estival chez un pâtissier de Saint-Rémy-de-Provence qui flirte comme un dément avec mon taux de cholestérol.

Je me tourne vers mon bureau et pose les yeux sur Yolande, qui affiche un œil hagard et un visage défait :

— Qu'est-ce qu'il se passe ? je demande.

— La machine à café est cassée, bafouille-t-elle.

Puis elle éclate en sanglots.

Enfin une bonne nouvelle.

Nuisances

J'ai vécu durant de longues années dans un appartement rue de Sévigné dont la caractéristique la plus fâcheuse était sa situation dans l'immeuble. Nos voisins du dessus — psychanalystes d'après la concierge — entamaient chaque soir au-dessus de ma tête un remue-ménage de meubles dont la signification m'échappe encore. Ils prirent aussi l'habitude de faire rénover « au noir » — donc le week-end — leur appartement.

Je découvris à cette occasion l'invention la plus performante du xxᵉ siècle, les boules Quies, et devins du jour au lendemain un adepte assidu du célèbre ciment rose qui ne me quitte jamais.

Le bruit fut de tout temps un pieu planté dans mon cœur. Celui des autres particulièrement, mes propres bruits ne me posant pas problème.

Je peux détecter à la nuit tombante un salaud qui, deux immeubles plus loin, met en marche une ponceuse électrique qu'il croit silencieuse, ou un morceau de Jelly Roll Morton s'échappant d'une fenêtre pourtant fermée qui arrive à contourner le mur du son édifié par mes fils avec le dernier tube des 2 Be 3 qui passe en boucle à la maison.

J'ai déjà cassé à coups de marteau les vitres d'un voisin adepte, à vingt et une heures trente, d'une scie électrique, et le violoniste qui fait face à mon salon peut préparer sa tirelire : je l'ai dans le collimateur, il va y passer. Je dois d'ailleurs à cet égard remercier mes parents qui ne m'ont jamais imposé le violon, l'instrument le plus pervers que je connaisse, au bénéfice d'une guitare acoustique dont je me suis lassé au bout de six mois d'efforts mal récompensés.

Évidemment, j'ai supprimé le cinéma. Des années durant, ma femme et mes enfants ont dû supporter mes altercations avec les rangs du fond que je menaçais physiquement. En principe, ça marche, surtout dans les salles d'art et d'essai : les intellos sont couards.

Puis, avec l'apparition des salles panoramiques, je trouvai mon salut en me déplaçant suivant le flux de remplissage des lieux. Je suggère, pour jouir d'un isolement relatif, la place à l'extrême droite du premier rang. Le Dolby vous arrive en pleine poire et élimine tous les commentaires échangés par les touristes de la zone centrale. La perspective est assez curieuse et les acteurs affichent une maigreur inquiétante, mais c'est ça ou la guerre totale avec les parleurs, les bouffeurs de pop-corn ou les rieurs à contretemps.

Finalement, j'ai laissé tomber les exclusivités et j'attends que ça passe sur Canal +. En réalité, tout peut attendre.

Mon dernier voisin, passablement vaincu par mes diktats, avait trouvé la parade à la vigilance de mon ouïe surentraînée : le casque. Il regardait la télé au casque, écoutait la radio au casque et savourait ses putain d'opéras au casque également. J'adorais ce type. Il vient de partir et les nouveaux arrivent dans un mois. J'envisage dès les premiers jours une guerre de tranchées pour les mettre au pas. Lettres au syndic, plainte au commissariat, histoire d'installer l'ambiance. Ils sont jeunes, paraît-il. Dieu, comme je hais les jeunes. Donnez-nous pour voisins des générations de vieillards assoupis dès vingt heures dix devant PPDA et pionçant comme des loirs à vingt heures trente. Pas de hard rock, pas de perceuse, pas de vrille dans les murs de soutien. Seulement, parfois, le souffle d'une bouilloire pour le thé de dix-sept heures, le feulement des patins sur les parquets cirés, les pages du *Télégramme de Brest* craquant avec légèreté dans le calme ouaté du petit matin.

J'aime les vieillards.

Puis un jour ces personnages à la discrétion émouvante finissent par mourir et sont remplacés par des jeunes.

Les tickets restaurant

Il est des matins où la vie vous sourit. Je me suis regardé dans la vitre de mon wagon de métro et j'ai eu l'impression très nette d'avoir maigri. Ensuite, à Europe, une jeune fille blonde aux yeux bleus est montée et s'est installée à cinquante centimètres de mon corps bouffi de sensualité. Comme je ne lis pas dans les rames, je peux rêver. Ce que je fis, et me propulsai sur une plage des Caraïbes en compagnie de la jeune blonde que j'aplatissais sous des étreintes fougueuses, bousculant notre couche trempée de sueur. Les yeux me piquaient, c'était tellement beau. Puis la station Anatole France s'offrit à mon regard et je réintégrai la réalité, l'œil maussade mais le cœur léger. La jeune fille était descendue à Wagram.

Dans un état second, je m'apprêtais à franchir les portes de la firme qui m'emploie quand Martine Berdoye me barra la route, visage convulsé et regard noir.

— T'es au courant pour les tickets?

— Hein? Les tickets de métro?

— Les tickets restau, dugenou, tu planes ou quoi?

— Heu... au courant de quoi?

— Marco, tu mets ton parachute et tu redescends sur terre. Je te parle de l'augmentation des putain de tickets restaurant.

— Raconte.

— On était à trente-cinq, on passe à quarante-deux...

— Super.

— « Super », singea la déléguée CGT. Non, pas super. À trente-cinq, si tu te souviens bien, on se paye un Big Mac, Coca, frites et ça fait le compte, rien à rajouter.

— Oui, peut-être.

— Tandis qu'à quarante-deux, toi, le travailleur, tu paies plus cher ton ticket et au bout du compte tu laisses tes sept francs de différence aux empaffés de Mc Donald's.

— Oui, oui, je vois... ils ne rendent pas la monnaie.

— Tu l'as dit, bouffi. D'ailleurs, ils n'ont pas le droit.

— Et un avoir?

— Ils n'ont pas le temps, trop de monde et

patati et patala. Bref, la direction, par une manœuvre d'une démagogie primaire, retient encore du fric sur nos salaires, et ce pognon, on n'en voit pas la couleur.

Martine, elle était en colère. Elle porte des souliers plats, une jupe écossaise et un chignon tire ses cheveux sur sa nuque. Ses lunettes n'ont pas été acquises chez Afflelou. Quand je pense aplatir une garce sous mon corps aux Caraïbes, son visage ne me vient jamais à l'esprit.

— On pourrait changer de restau...

— C'est ça, t'es déjà gras comme une loche et moi j'ai trois kilos à perdre sur le cul. J'ai pas envie de finir obèse à cinquante piges en me bourrant de sauces pourries tous les midis.

— Un sushi?

— On va pas remonter jusqu'à Malesherbes pour bouffer, non?

— Non. Alors quoi?

— La lutte, camarade.

— *Gardarem lou Larzac!*

— Hein?

— Non, t'étais trop jeune. Un vieux truc. Tu as pensé à quoi?

— Une grève de la faim avec sit-in dans le hall d'entrée.

Brusquement, je me sens extrêmement fatigué.

— T'aurais pas un Doliprane, Martine?

— Va voir Sylvie. Et le sit-in ?

— Okay. Je peux apporter un coussin ?

— Mais oui, soigne-le, ton petit cul. Préviens toute ton équipe. Si tu viens, ils suivront.

J'opinai, hébété, et me dirigeai vers mon service qui, situé au rez-de-chaussée, ne m'oblige pas à prendre l'ascenseur et à saluer toute la bande d'anorexiques des étages supérieurs.

Agiter et motiver les troupes occupa les pétroleuses une semaine durant. La direction — alertée par ses taupes — se repencha sur sa copie et à deux jours du sit-in convoqua, impromptue, une réunion du CE sur le problème du déménagement de l'autre côté de la rue, prévu trois mois plus tard.

Le lendemain matin, l'œil pétillant, je me laissai hypnotiser par le jeu de hanches d'une Coréenne et descendis Porte de Champerret. Je constatai ma méprise en sortant de la station mais, bravement, décidai de terminer mon trajet à pied. De loin, j'aperçus Martine affalée sur un banc à trente mètres du métro Anatole France.

— Alors, cette réunion ?

— Tu vas pas me croire...

— Si.

— Ils ont décidé de partager les frais du futur restau d'entreprise avec les deux autres sociétés du nouvel immeuble.

— Et alors?

— Comme ça leur coûte, ils *suppriment* les tickets restaurant.

— Ah oui, je vois...

— Les travailleurs vont rester le cul vissé toute la sainte journée dans cette putain de boîte. C'est pas de l'aliénation ça? Et la bouffe, je te dis pas, un cauchemar! Le DRH nous a lu les menus, c'est à pleurer.

— Il y a sûrement un menu diététique, c'est obligatoire.

— Oui, avec un supplément. J'ai calculé, ça fait quarante francs. Je suis laminée.

— Et le sit-in?

— Je ne sais plus. Tu prends toujours des antidépresseurs?

— Non, mais j'ai des anxiolytiques.

— Donne-m'en une poignée...

Je m'exécutai. Elle leva un pauvre regard vers moi, le chignon en berne :

— Tu prendrais pas une carte à la Centrale?...

— Combien ça coûte?

— Quarante francs par mois.

— Trente-cinq.

— Vendu.

Le Mandarin

Le nom complet du café, c'était le Fitzcarraldo, mais tout le monde dans le quartier disait le « Fitz ». Il trônait au début de la rue Dussoubs, lettres d'or au fronton, façade pisseuse. L'intérieur rappelait vaguement une caverne néobaba avec murs maculés d'affiches collées à la va-vite sur un staff d'apocalypse. Le comptoir occupait l'essentiel de la salle principale et dans la petite pièce attenante on servait quelques repas hâtifs sur des tables de bois ayant manifestement souffert de mauvais traitements.

La fille derrière le bar était jeune et jolie et on l'avait mise là pour ça : paraître et attirer. Le patron, quant à lui, trimbalait sa moustache de phoque et son tablier bleu aux quatre coins du quartier car il présidait aux destinées de plusieurs établissements du même ordre.

Le Fitz possédait un rituel clientèle immuable. Le petit matin était réservé aux maçons et plom-

biers qui s'en venaient ouvrir des chantiers car
le coin est en complète rénovation, puis le tout-
venant s'abreuvait en cours de matinée et l'on
reconnaissait avec amusement des journalistes
du *Nouvel Obs'* à l'élégance cashmere mais bien
décidés à frayer avec le peuple. Vers midi, les
artisans déjà cités réapparaissaient pour l'apéro,
puis, sur le coup des treize heures, les premiers
chômeurs s'accoudaient au zinc.

Les camés débarquaient à seize heures et les
dealers une heure plus tard. Un dernier gros
mouvement de foule avait lieu vers vingt-trois
heures au moment de l'entracte dans les pièces
que proposait le théâtre Marie Stuart situé face
au Fitz. Les lieux fermaient sur le coup de deux
heures du matin.

Tout cela, rédigé ainsi, paraît bien sympa-
thique et terriblement français-béret-basque.
Mais, pour mon malheur, j'habitais tout près et
les quatre mois d'été relevaient du cauchemar
pour les habitants de la rue Dussoubs. Car le
Fitz, dès vingt heures, draguait tous les clodos,
les poivrots, les désœuvrés, les skins, les rockys
de l'arrondissement. La serveuse poussait la
sono et pas moins de cent consommateurs hys-
tériques se répandaient alentour, pissant sous
les porches, gueulant à tue-tête, ingurgitant
force canettes de bière, dealant de la came à la

cantonade, bref fichant un bordel monstre jus-qu'au milieu de la nuit.

Le Fitz, durant ces mois d'été, mutait en paquebot, cabotant dans la nuit occidentale, hublots rougeoyants, orchestre sur le pont inférieur et divas de banlieue accoudées aux rambardes figurées par les nombreux guidons de Kawasaki. Nous nous tenions à l'écoute, bien sûr, éveillés dans nos lits, guettant l'altercation qui mettrait le feu aux poudres. Elle intervenait parfois autour de minuit. Le patron, d'ordinaire discret, se décidait à donner de la voix. Il tonnait sur son pas-de-porte, humiliant un quelconque fouteur de merde, et derrière les carreaux alentour des dizaines de paires d'yeux se penchaient vers l'asphalte, espérant un pugilat qui permettrait enfin aux flics de débarquer et d'imposer le silence. Mais les flics possédaient un sixième sens et ne se risquaient jamais au Fitz ; trop compliqué, trop long, trop de monde à embarquer.

Alors chacun s'en retournait vers son lit, tassait deux paires de boules Quies dans ses oreilles et commençait à compter les moutons.

Il m'arrivait parfois, malgré ma haine pour le Fitz, d'aller y boire un verre autour des seize heures. J'y croisais régulièrement à cette heure de peu d'affluence un homme d'une cinquantaine d'années au sourire malicieux et aux yeux demi-fermés qui lui conféraient une touche vaguement orientale. Pour le nommer, ma femme et moi lui avions attribué le sobriquet de Mandarin.

Le Mandarin se prenait donc régulièrement une table de coin et se faisait verser un demi. Nos habitudes réciproques nous poussèrent à échanger quelques mots qui rapidement se fixèrent sur le cinéma hollywoodien de la grande époque. Nous pouvions alimenter nos propos sur Clark Gable durant dix minutes, Bette Davis nous occupait jusqu'à la demi-heure mais le Mandarin bichonnait un chouchou incontournable : Fred Astaire.

Quand, d'aventure, il décidait d'évoquer tel ou tel film de son Fred adoré, ses yeux se mouillaient, ses mains ne savaient plus où se poser et, sous la table, ses petites jambes pédalaient dans la semoule. Je prétextais alors une course urgente à effectuer, seul moyen de me soustraire à cette logorrhée dévote.

Avec le recul, je m'aperçus que je ne savais rien du Mandarin. Je l'imaginais plutôt derrière un bureau, dans une pièce bien chauffée. Un job sédentaire probablement, et suffisamment cool pour lui permettre cette récréation de l'après-midi.

Puis un jour, au débotté, une bonne nouvelle nous parvint : le Fitz fermait. Accoté au passage du Grand-Cerf dont la réfection prévue depuis longtemps allait durer des années, le café était contraint de déménager.

Il fut rebaptisé d'un nom qui m'échappe et planta sa tente cinquante mètres plus loin, rue Tiquetonne. Curieusement, la convivialité débordante du Fitz ne se transporta pas dans ces nouveaux lieux, et cela peut s'expliquer par l'étroitesse de la rue Tiquetonne et son caractère passant qui interdit les monômes et autres sit-in. Je perdis de vue le Mandarin mais, un soir d'hiver, alors que nous regagnions notre porche, ma femme et moi, je notai au carrefour Dussoubs-Greneta une silhouette familière. Le Mandarin, légèrement «parti», gratifiait quelques clochards hébétés d'un numéro de claquettes tout à fait réussi. Le petit homme révélait dans la danse une élégance tout droit héritée de son modèle américain. Je m'approchai du Mandarin et lui frappai sur l'épaule :

— C'était épatant. De loin on aurait cru Fred Astaire.

— Vil flatteur, vous dites ça pour me faire plaisir, se rengorgea le danseur.

Je me récriai et pris Christine à témoin. Le Mandarin ne se tenait plus de joie tout en produisant de gros efforts pour ne pas le montrer. Finalement, il consulta sa montre et dit :

— Pour vous remercier de votre gentillesse, je vous paie un verre à la maison.

Ma femme et moi, nous nous consultâmes du regard : pourquoi pas ?

— Vous habitez dans le quartier ?

— Hélas non, mais la marche nous fera du bien. Je vis dans un logis assez modeste, une sorte de cave, voyez-vous, rue Sébastien-Bottin.

Ignorant tout de cette artère obscure, nous suivîmes le Mandarin par les rues borgnes jusqu'à cette cave magique qui recelait, outre un whisky de bonne qualité, une bibliothèque confortable vers laquelle notre ami nous entraîna en souriant. Et nous pénétrâmes dans un monde Noir qui occupe maintenant toutes nos soirées.

Quéquette Blues

J'ai toujours été obsédé par la longueur de mon sexe. Ma bite, quoi ! Tout petit déjà, je me plantais devant ma glace, prenant des mines, gonflant artificiellement l'objet pour qu'il paraisse plus gros. Mais il restait petit, trop petit pour tout dire.

En colonie de vacances, je me douchais dans un coin, n'osant affronter les corps bien membrés de mes camarades. À l'armée, j'usais d'artifices, me présentant toujours de trois quarts sous les jets fumants, un gant à portée de main pour dissimuler l'organe de petite dimension.

Puis la vie suivit son cours. Je pris femme, conçus dans la joie — l'objet fonctionnait, c'était déjà ça — mais ponctuellement la longueur de mon zob me fit problème.

Je m'en ouvris à mon épouse.

— T'as qu'à tirer dessus, ça le rallongera, proposa-t-elle.

Chienne.

Je commençais à m'installer dans la vie avec mon appendice rétréci quand, un matin, un article documenté de *Libération* me sauta aux yeux. On y apprenait, entre autres, que la taille moyenne du sexe masculin français en érection flirtait avec les 13,7 cm.

Je n'y arriverai jamais, pensai-je.

Mais il me fallait savoir, connaître l'étendue de ma honte. Je m'installai dans la salle de bains, une série de photos représentant Sophie Marceau sur les genoux, et commençai à me besogner furieusement. Quand la verge devint badine, je me précipitai dans la cuisine, dépliai mon mètre en bois et posai dessus la fière turgescence. Je n'osai y croire, fermai les yeux. Deuxième essai : 13,7 cm, pas un millimètre de moins. Hystérique, lumineux, traversé par la grâce, je plaçai sur la platine un vieux Dario Moreno et me déhanchai à poil dans tout l'appartement.

Transfiguré par cette nouvelle incroyable : Villard, bite étalon qu'un jour on déposerait à la manufacture de Sèvres. Je descendis sur le boulevard Saint-Germain, toisant les biroutes hors norme honteusement dissimulées par leurs propriétaires.

13,7, les mecs, circulez, y a rien à voir.

The right man at the right place.

Trois Africains exubérants me croisèrent. Je ricanai, tel un albatros sous ecstasy : trop longues, *black men*. Je les imaginais empêtrés avec leurs queues bringuebalant sous leurs alpagas.

13,7. *The king is coming back.*

Je saisis mon portable et appelai mon épouse pour l'informer de la nouvelle du jour. Elle fit montre d'un enthousiasme modéré.

Une semaine durant, je planai au-dessus des contingences matérielles, bouffi d'orgueil d'avoir été désigné par des puissances occultes pour signifier à moi tout seul la proportion top-niveau en matière de zob. Quand des amis se présentaient désormais à la maison, je lorgnais leurs braguettes, supputant des petits 13,2 voire des 12,8. Les 15,3 m'arrachaient des bâille-ments. Évidemment, un tel sujet paraissait diffi-cile à caser entre la poire et le fromage, mais s'il n'avait tenu qu'à moi j'aurais pu régresser et jouer volontiers à celui qui affiche le plus beau membre. Mon épouse l'aurait difficilement to-léré, d'autant que les femmes, vous savez ce que c'est, sont obnubilées par la performance. Les subtilités de la taille élue sont peu de chose face aux vapeurs provoquées à l'apparition d'un ath-lète africain en collant sur l'écran télé.

J'étais donc seul avec mon record mais comme brûlant d'un feu confus et intérieur.

Ne pouvant partager mon formidable secret,

je laissai le temps glisser sur moi et convins que finalement ces 13,7 indiquaient ma normalité et rien de plus. Une petite dépression passagère s'ensuivit. Il est difficile de tutoyer les cimes pour se réveiller en pékin ordinaire. Pour assumer tout cela, je consultai donc une psychanalyste, Christiane Miller, une femme au regard salace. Le chiffre 13,7 la rend nerveuse, je le vois bien : ses mains s'agitent, elle fait passer sa cuisse droite sur sa gauche, se trémousse comme une gamine, la lèvre humide.

À la prochaine séance, je me dégrafe devant elle. Je suis sûr que ça va m'aider à banaliser mon chiffre. Je dois avouer qu'en plus je me verrais bien culbuter sur son divan cette salope freudienne.

La Hune

C'est décidé, Christine et moi allons nous marier. Ce ne sera pas un mariage d'amour, pas question de succomber à ce miroir aux alouettes petit-bourgeois. Ce sera un mariage d'argent. Bingo.

Après quelques mois de vie commune nous avons fini par nous avouer mutuellement que nous laissons fructifier dans les sociétés qui nous emploient deux petits magots intitulés « participation aux bénéfices de l'entreprise ». En nous mariant, nous pouvons débloquer ces sommes, monter une petite maison d'édition et nous ruiner en douze mois.

Vaguement suicidaires, nous passons donc par la mairie pour mener à bien ce dessein improbable. Christine, journaliste pigiste, se lance dans l'édition à corps perdu, sollicite des textes, fignole des collectifs thématiques. Bref, ça ronfle. Nous restons persuadés que la seule présence de nos titres sous le nez des libraires stimulera les commandes. Notre distributeur assure un office minimum qui devrait plonger dans l'émoi l'ensemble des lecteurs du territoire.

Nos premiers livres sortent donc. Imprimés à Nîmes — par souci d'économie —, ils nous sont livrés à notre domicile, rue Lamarck, par un transporteur. À la première livraison, Christine se précipite aux pieds du camionneur, remerciant le ciel, la société Mercedes, le Syndicat du livre et quelques personnages subalternes d'avoir permis que ce miracle soit : les putain de bouquins sont arrivés et encombrent déjà notre salon-chambre-salle à manger.

Ils ont d'ailleurs bonne allure, les fameux opuscules. Pas plus de deux coquilles par page, papier bouffant de récupération, couvertures austères parce qu'on n'est pas là pour rigoler, les amis.

Trois semaines plus tard, nous rigolons tellement peu que la solution s'impose : nous devons rajouter des jaquettes illustrées sur ces couvertures à la typographie janséniste. Jaquettes que nous plions nous-mêmes sur les volumes, une à une, le soir à la veillée.

La presse ne se déchaîne pas en superlatifs suite à notre arrivée tonitruante sur le marché. Néanmoins, durant trois jours nous obtenons un franc succès dans des supports animés par des amis de longue date. Puis viennent les samedis. Les promenades du samedi, nez au vent, pour vérifier mine de rien si nos précieux livres ne sont pas relégués dans les profondeurs du classement chez nos chers libraires.

Je hais les samedis.

Nous notons sur un carnet le nom des traîtres, des pleutres, qui nous acculent au fond des rayonnages poussiéreux. Nous redressons nos maigres piles, recouvrons de nos délicats ouvrages les primés d'automne que j'ai de tout temps exécrés.

Chaque samedi, les libraires du Quartier latin renoncent à vendre du Goncourt et du Renaudot. Notre logo s'avance, triomphant, sur les rayonnages. Puis un beau jour nous décidons de vérifier si La Hune — le mythe absolu — a fait son devoir. Je déambule donc, mine de rien, entre les tables, soulève des tonnes de papier, remue une poussière subtile, mais rien n'y fait : nos livres sont absents du temple du savoir. Je ressors du magasin et alerte Christine qui cherche, illico, une parade à cette dérive intellectuelle.

— Je pourrais commander le dernier...

— *Marqués par la haine*? On en a six cents à la maison.

— Oui, mais ça les obligerait à contacter le

distributeur, ils pourraient s'intéresser aux autres bouquins et faire une commande groupée.

— D'accord, mais c'est toi qui montes au créneau. Moi, j'ai déjà fait tomber une pile de Modiano. Ils m'ont repéré.

Elle approuve. Concentration. Et, tel un brave petit soldat, mon épouse pénètre dans le saint des saints pour commander un livre dont les invendus encombrent déjà notre salle de bains.

Curieux malgré tout, je pénètre derrière elle, l'air dégagé, et tends l'oreille alors qu'elle s'approche d'un libraire nerveux et préoccupé.

— Je cherche *Marqués par la haine,* aux éditions Hemsé.

— J'vois pas. Vous êtes sûre de l'éditeur?

— Oui, oui, j'ai vu le livre en vitrine dans une librairie.

— Attendez, je vais vérifier.

Le jeune homme disparaît et se penche sur un paquet de bordereaux.

À cette époque, l'informatique balbutiait, évidemment.

— Non, nous ne l'avons pas. Vous voulez le commander?

— Vous savez comment faire?

— Oui, je connais Distique, le distributeur.

— Alors, d'accord.

— Bien. Vous me laissez votre nom et vingt francs d'acompte.

— Pardon ?

— Nous prenons des acomptes sur toutes les commandes individuelles.

— Ah oui...

Elle ne va pas faire *ça*. Je prie intérieurement : Christine, ressaisis-toi, tu es l'éditeur de ce foutu bouquin, tu ne vas pas le payer *en plus*. J'ouvre péniblement les yeux et je la vois, écarlate, sortir vingt francs de son porte-monnaie. Nos regards se croisent : nous hésitons entre le désespoir et le fou rire.

Dix minutes plus tard, parvenus à Odéon, nous en discutons encore, agitant nos bras tels des sémaphores dans l'air frais de novembre.

— Tu as *payé*.

— Je n'ai pas su quoi faire, j'ai eu peur d'avoir l'air pingre.

— Je t'interdis de régler le solde. Si tu ne retournes pas le prendre, ils poseront le livre sur une table. Finalement, c'est le but recherché.

Elle en convient et nous rentrons chez nous, boudeurs, à deux doigts de l'autoflagellation.

En fait, ils ne l'ont jamais présenté sur une table. Nous avons évidemment renoncé à récupérer l'ouvrage en réglant le solde.

Quinze ans plus tard, je continue à passer le samedi devant les vitrines de La Hune. J'aperçois parfois mes propres livres à travers les vitrines et je m'en réjouis mais ne peux m'empêcher de penser que quelque part dans un recoin du sous-sol une œuvre impérissable somnole à jamais. Bizarrement, avec le temps l'anecdote m'apparaît plaisante. Même notre faillite, intervenue six mois après les faits cités plus haut, me paraît ressortir à la farce.

En fait, je suis sans nostalgie et pas trop rancunier.

Mars et Bounty

Ils ont changé la machine à café. C'est ce que disent les filles. Moi, ça m'est égal, je ne bois pas de café. Dans mon service, le café est une sorte de rituel réservé aux femmes. L'activité café est révélatrice du caractère de chacune. D'abord, il faut comprendre qu'une fille ne va jamais boire en cachette, seule, son café. Il est de bon ton de lancer à la cantonade : « Qui prend un café ? » On notera que certaines ne posent jamais la question mais acceptent systématiquement les invites des collègues. D'autres ne paient jamais, elles oublient. D'autres encore font payer deux fois certains cafés, histoire de se faire un peu d'argent de poche. *sweely pie*

— Dis donc, cocotte, tu penses à me payer ton café de onze heures ?

— Attends, je t'ai posé la somme sur la table.

— Non, c'était celui de dix heures.

— Tu es sûre ?

— Sûre.

Elles vont chercher les cafés dans un réduit situé près des ascenseurs. Pour ne pas renverser les immondes gobelets de plastique, elles utilisent un porte-gobelets, en plastique lui aussi mais rigide. Il peut contenir six rations de caféine.

Dans une journée, elles en boivent des litres et, automatiquement, pour accompagner le café, elles enflamment des cigarettes blondes. On notera chez les filles un besoin évident de surconsommation d'excitants pour supporter une journée de travail.

Il existe une autre solution mais qui n'a pas leur agrément : le distributeur de Mars et de Bounty situé au sous-sol. Parfois, sur le coup de dix-sept heures, j'ai un creux et, comme un voleur, je descends dans les entrailles de la bête me goinfrer un Mars. Je consomme sur place afin de ne pas m'exposer à des remarques désobligeantes sur mon tour de taille.

Parfois, le torchon brûle chez les nanas. Ça chuchote, regards en dessous, démarches saccadées. Le porte-gobelets, esseulé sur la table centrale, ne comprend pas ce qui lui arrive. Lui qu'on bichonne habituellement se retrouve largué. Quand l'atmosphère se tend, elles donnent rendez-vous à des copines de services différents pour ingurgiter leur jus de chaussette en duo dans le local à café. C'est là, dans ces trois mètres carrés, que se font et se défont à longueur d'année les réputations. Je n'y mets jamais les pieds : ça pue et c'est plein de bonnes femmes hargneuses.

Quand il fait chaud, je vais acheter *Le Monde* vers seize heures et j'en profite pour m'envoyer un demi au Café de France ou un chausson aux pommes chez le boulanger qui lui fait face. Quand je reviens, *Le Monde* à la main, l'honneur est sauf. On peut imaginer que je surveille à la loupe les fluctuations boursières du groupe qui m'emploie. Ce qui est faux, bien entendu.

Quand la machine à café est cassée, elles font comme moi, elles boivent de l'eau. L'eau est gratuite dans ma société. Elles vont bravement se chercher leur litre et demi de Cristalline et s'installent pour une journée d'enfer, mais ça leur coûte, j'aime autant vous le dire.

Voilà comment nous survivons, elles au café et aux Marlboro, moi à l'eau plate et aux Mars. Parfois je me demande si nous sommes heureux, si nous ne pourrions pas changer des choses pour améliorer l'ordinaire. Mais non, nous survivons ainsi, personne ne se plaint quant au fond. Parfois, un fax qui déraille, une photocopieuse qui merdouille, une fuite d'eau au plafond laissent penser que la révolte n'est pas loin.

Non. Notre mauvaise humeur, notre haine,

notre désarroi existentiel — bien réel, cependant —, nous les réservons aux autres services, qualifiés quotidiennement d'incompétents.

La semaine prochaine, ils augmentent le café de cinq centimes. Ça ne devrait pas faire de vagues.

L'immaculée conception

J'ai eu connaissance du mystère de la vie à l'âge de sept ou huit ans. Nous habitions Versailles, mes parents et moi. On n'imagine pas que des Versaillais puissent être pauvres mais en fait nous l'étions. J'effectuai mes premiers pas en religion au sein de la paroisse Sainte-Élisabeth. Nous étions quelques gosses à nous retrouver régulièrement par petits groupes pour des séances d'initiation au catéchisme.

La paroisse, pour une raison obscure, confiait donc des groupes de quatre enfants à quelques vieilles bigotes et à deux jeunes filles jupées de bleu marine, au regard empreint d'une bonté insoutenable.

Au cours de cette année-là nous en vînmes à évoquer les mères et les enfants. Celui de la Vierge Marie de préférence. Nos questions se firent plus pressantes. Dans les années cinquante, les gamins n'étaient pas trop délurés et

71

des questions qui feraient sourire aujourd'hui se bousculaient dans nos têtes. *fort*

Un jeudi, je décidai de rentrer dans le lard de la groupie de Thérèse de Lisieux.

— Bon, d'accord, mais les enfants, ils arrivent comment?...

— Je ne comprends pas.

— Les bébés, je veux dire, ils naissent pas dans les choux, mademoiselle...

— Non, ils viennent du ciel, avec la bénédiction de Jésus Notre-Seigneur.

— Du ciel? s'inquiéta Roger Pingeon.

— Heu... vos parents ne vous ont jamais expliqué cela?

Nous nous dévisageâmes mutuellement. Nous étions quatre fils uniques, habituellement plus concernés par les exploits de Battler Britton que par le mystère de la création. Mais nous voulions savoir.

— Allez, mademoiselle, dites-le-nous.

Les épaules affaissées par le poids de la responsabilité qu'elle allait devoir endosser, Monique Leterreur ferma les yeux et entreprit un dialogue virtuel avec son chef qui règne là-haut dans les cieux, le cul posé sur un nuage de satin.

Puis son visage s'éclaira.

— Bon, je vais vous le dire... Les enfants grandissent dans le ventre des mamans. Voilà, c'est là qu'ils sont.

Comme de bien entendu, nous éclatâmes de rire.

— Ha, ha, c'est pas vrai!

— Et dans le ventre, ils arrivent comment? C'est pas possible, votre histoire.

— C'est une petite graine qui les fait pousser, s'insurgea Monique.

— Une graine?

— Heu, oui, une graine.

— Comme chez Truffaut?

— Presque.

Là, elle nous sciait, Leterreur, avec sa graine.

— Mais alors, mademoiselle, après ils grossissent dans le ventre de la maman?

— C'est ça, comme dans une serre.

— Et pour sortir?

— Je ne sais pas. Il faudra demander à vos parents.

Elle était liquide, la Monique. Tourmentée et embourbée dans un feuilleton improbable. Les joues rouges, elle dut faire face à une dizaine de questions.

— Peut-être qu'on opère le ventre des mamans, et après on tire le bébé?

— Ça arrive parfois.

— Oui, mais d'habitude?

Monique, elle voulait pas parler de sa chatte. Ni des mots qui fâchent : utérus, vagin, grandes trompes. Seulement la petite graine et la boule dans le ventre.

Nous rentrâmes chez nos parents, lourds d'un nouveau secret. Aucun d'entre nous n'osa interroger sa mère sur ce bébé coincé dans le ventre des futures mamans. La vie reprit son cours et, l'œil acéré, je traquai les estomacs replets des femmes du voisinage. Le baby-boum était derrière nous, les ventres demeuraient désespérément plats.

Puis, un soir, impromptue, Monique Leterreur débarqua à la maison flanquée de son frère séminariste.

Le rouge au front et chuchotants, ils furent introduits dans la salle à manger-chambre-salon de mes vieux et l'on me pria d'aller voir dans le bout de couloir qui me tenait lieu de tanière si mes devoirs avaient été faits.

Je m'exécutai et collai immédiatement mon oreille au panneau d'aggloméré qui séparait les deux pièces. Monique Leterreur, mortifiée, avouait qu'elle avait dû, sur l'insistance des enfants, avouer le terrible secret de la naissance des bébés. Mes parents, probablement interloqués, ne pipaient mot, et finalement ma mère, la voix chevrotante, s'enquit :

— Heu... vous leur avez tout dit?

Monique baissa d'un ton et je ne pus distinguer les mots chuchotés mais ceux-ci eurent l'effet escompté : un soulagement pulmonaire emplit soudain la pièce, mon père sortit la bouteille de Ricard et j'entendis ma génitrice approuver benoîtement les confidences de Leterreur.

Je sus de suite que cette décontraction inattendue ne pouvait signifier qu'une seule chose : Monique nous avait caché l'essentiel.

L'année suivante, alors que le fan-club Buck Danny occupait mes soirées et Sydney Bechet la platine de mon Teppaz, un copain bien intentionné me fit passer des revues hollandaises en couleur représentant des couples occupés essentiellement à s'emboîter les uns dans les autres.

J'appris ainsi que les filles possédaient du poil au cul, que les sexes masculins pouvaient s'allonger indéfiniment et que la petite graine transitait probablement au cours de ces séances déshabillées.

Quelque chose dans le regard extatique des filles me fit pressentir que la transmission de la petite graine n'était pas le but ultime de ces ébats et qu'on pouvait certainement en tirer des plaisirs qui épouvantaient Leterreur et les gens d'Église.

Tout cela me fut confirmé quelques années plus tard, à une époque où le ventre arrondi des femmes me passionnait moins que la courbe opulente de leurs fesses. Comme quoi, avec le temps, les goûts peuvent changer.

Tous les mots du monde

Je suis un homme marqué par la notion de superstition et par le challenge.

Exemples. Hier matin, je monte à Sentier direction Levallois et, en arrivant à Opéra, je m'imprègne d'une obsession banale : si un Black monte à Saint-Lazare, je décroche un papier dans le prochain cahier « Livres » de *Libé*.

La tension, je ne vous dis pas.

À Saint-Lazare, pour la première fois depuis trois ans aucun Blackos ne pénètre dans mon wagon. *Libé* a suivi : rien sur moi, même pas une allusion subliminale.

Challenge. Le soir même, pris d'une subite envie d'uriner, je décide de hisser la superstition au niveau de la performance esthétique. À savoir, si j'arrive à pisser sans souiller la lunette bleu ciel de mes toilettes, je me décroche une critique dans *Le Courrier de Paimbœuf* du lendemain. Mon jet, plutôt poussif en temps habituel, fuse, droit et volontaire, au centre de la cuvette. Et le miracle nimbe soudain ma modeste salle de bains d'une aura mystique : j'ai réussi. Ce matin, j'achète *Le Courrier* comme je le fais depuis dix ans et, là, amère déception. Pas une ligne. Rien, le néant.

Je tiens à signifier avec force à la rédaction en chef de cet hebdomadaire : je suis déçu.

Voire blessé. Car briser le rêve et les croyances d'un enfant de cinquante ans, c'est mal. Faites passer.

De tout temps les mots m'ont inquiété. Les maux encore plus, mais les mots parfois peuvent paniquer le commun des mortels.

Cet après-midi, par exemple, je me suis rendu à notre usine de Beauvais pour assister à une seconde réunion de direction industrielle. J'ai encore mal saisi pourquoi mon service est lié à cette direction mais je suis du genre brave petit soldat qui ne se pose pas de questions.

J'ai donc pris — à la gare du Nord — un train qui met au bas mot une heure cinquante pour joindre Beauvais, distante de soixante-quinze kilomètres. Ça permet de visiter et de laisser le regard se perdre sur la campagne la plus sinistre du territoire français.

Nous nous installons donc en salle de

réunion. Café, croissants, jus de fruits. Merveilleuse province! Durant le premier quart d'heure je décide de terminer ma nuit et, vaguement somnolent, prête une oreille distraite aux propos lénifiants tenus par des responsables de secteurs.

L'œil torve accroché à des camemberts illisibles dispensés par un rétroprojecteur, j'essaie de penser à des choses positives : primes, augmentations, changement de coefficient. Il s'agit, on l'aura compris, de fiction spéculative.

Puis soudain Robert Lamy, qui tient le crachoir depuis dix bonnes minutes, prononce ces mots : « flux tendus ». Je me redresse vivement. Il réitère avec ses « flux tendus ».

Je dois faire ici une pause et préciser que, pour ce qui me concerne, le flux a toujours été et restera menstruel. C'est comme les fermetures *à glissière* et les ronds *de serviettes*.

Le flux est menstruel. Point. Lamy le suggère tendu. Tout laisse entendre que nous n'avons pas le même flux en tête. J'essaie de m'intéresser au sien, cherchant désespérément ainsi à savoir ce qui le rend tendu. Au terme de plusieurs échanges, je crois saisir que nous conservons peu de stocks et que cette situation inquiétante tend le flux. Bien. Alors que j'ingurgite cette nouvelle donnée, le réseau PERT (pertes?) passe à portée de mon oreille droite. Le mot «réseau» fait fantasmer, il faut en convenir. Le visage chapeauté de Jean Moulin flotte au centre de la table de réunion. Une gravité soudaine s'installe. Suis-je moi aussi membre du réseau? Combien de pertes avons-nous subi? De quelle guerre s'agit-il? J'ai un faible pour le Viêtnam, la seule guerre rock'n'roll de toute l'histoire des guerres. En bout de table, mon patron, qui affiche volontiers une mauvaise humeur rigolarde, décide que ce réseau PERT est obsolète et qu'on naviguera à l'énergie, comme d'habitude. Ça me convient tout à fait, je ne me sentais pas mûr pour appartenir à un réseau. Surtout s'il doit subir des pertes.

Comme nous passons dans la salle de restaurant privée, un champagne nous est servi pour fêter le départ à la retraite d'un collègue chef de service. Robert Dhotel se penche alors vers moi et me souffle à l'oreille :

— Tu as passé ton MPP? (Aime pépées?)

— Heu... pas encore.

— Moi, c'est terminé. J'ai ramé ce week-end sur le questionnaire pour récupérer deux pour cent d'augmentation. Minable. Ils se foutent de ma gueule.

— Tous des enfoirés.

— Ouais. Attignac m'a collé un B. Enfoiré.

— Et moi, je le passerai quand?

— Demande à Dugrand.

Sans trop savoir de quoi il retourne mais pressentant un problème salarial, j'opère un mouvement tournant et me rapproche de Dugrand.

— Dis donc, tu penses à mon MPP?

— Tu recevras ta feuille demain mais te fatigue pas, tout le monde aura deux pour cent cette année. On a des directives venues d'en haut.

— Bon.

— Je t'aurai une prime mais tu n'en parles pas.

— Super.

— Viens, on passe à table, je voudrais qu'on discute des ressources inemployées.

— Hein?

— Ouais, tu t'en fous mais Robertet n'en dort plus. Il faut crever l'abcès aujourd'hui. Tu me soutiendras?

— Évidemment.   *namen beilegen*

Moi, du moment qu'on ne m'impose pas de dénoncer un juif, je suis prêt à faire plaisir.

Retour en tortillard.

Il est dix-huit heures trente. Je récupère le métro à Porte de Champerret et, comme nous stoppons à Saint-Lazare, trois Blacks montent dans mon wagon. Je sens la déprime s'installer lentement dans mon cerveau malade.

Rentré chez moi, je me penche sur la cuvette

des WC et parie pour une prime de vingt mille francs, au cas où.

Concentré à mort, j'oriente l'organe vers la faïence inerte et un jet mutin asperge l'ensemble du siège des toilettes.

Je hais les mots.

Toute la nuit

En août, je me prends carrément un mois. Il faut voir la tête des jeunes cadres quand je crie «À septembre!» dans les couloirs. Certains — les plus audacieux — prennent dix jours et, taraudés par l'angoisse de se faire virer, remontent des Bahamas affligés d'une colopathie fonctionnelle. J'en ai déjà une, alors je m'en fous. À cinquante ans, faut pas m'emmerder. Je dégage donc et pendant un mois j'oublie toutes ces têtes de nœud. Ça me fait un bien, c'est rien de le dire. Retrouver Paris sous la pluie avec trois kilos en trop n'arrive même pas à déclencher en moi la plus petite dépression.

À Eyragues, mon souci principal consiste à évaluer la consommation de Terres Blanches — un rouge corsé de la vallée des Baux — qui nous permettra de tenir jusqu'à la nuit. Je prévois plutôt large et, du coup, tout baigne.

Mon épouse — femme de devoir — ne peut

abandonner la rédaction de son magazine un mois durant et remonte sur la capitale cinq jours à la mi-août. Les enfants et moi traversons durant cette absence une période où alternent l'apathie et une terreur vieille comme le monde quand la nuit commence à tomber.

Toute la journée nous parvenons laborieusement à nous occuper, notamment grâce à la piscine que nos sympathiques voisins nous autorisent à souiller.

Nous faisons illusion cinq sets d'affilée sur le central d'Eyragues menacé — c'est rare en août — par une kyrielle de nuages gonflés de pluie. Quelques achats de nourriture effectués à pied au village arrivent à clore péniblement une journée sans la femme qui occupe nos esprits. Le temps du dîner est consacré à converser interminablement avec Christine qui prend au téléphone ses chatons égarés dans la Provence cruelle et les regonfle ainsi jusqu'au vendredi soir.

Puis vient la nuit. Les charmants bambins, abrutis de fatigue par les courses folles effectuées dans le jardin et les longueurs de piscine abattues l'après-midi, s'endorment comme des anges sur le coup des vingt et une heures trente.

Pour ma part, à la même heure, je commence à transformer notre mas en Fort-Alamo. Je vérifie trois fois toutes les fermetures, coince des chaises sous les serrures, chiffonne à terre les derniers numéros de *L'Équipe* pour prévenir l'irruption d'un féroce gitan et transporte le téléphone portable près de mon lit afin de pouvoir appeler d'un index agile les valeureux gendarmes en cas d'attaque surprise.

Et commence la veille. Le chien des Ricard aboyant sous nos fenêtres m'amuse un moment, de même que l'âne qui brait à la lune. Puis les perturbations franches du collier laissent place à celles plus sournoises appartenant au monde interlope de la nuit, Tout m'angoisse : les feulements, les chocs assourdis en provenance du garage, les sautes de vent agitant les cyprès, les implacables combats d'araignées, sans parler des chauves-souris qu'on ne voit jamais mais qui rôdent, les salopes. Du coup, je rechigne à éteindre la lumière et j'essaie, à l'aide de trois anxiolytiques, de m'assoupir vaguement, un œil sur l'escalier, l'autre sur les volets de ma chambre.

La chatte, parfois, vient me réconforter au retour d'une tournée d'inspection des locaux. Elle se roule en boule sur le lit mais je sais que, tels les grands fauves, elle peut être réquise à tout moment pour fondre sur d'improbables assaillants.

Au petit matin, lessivé, avec trois heures de sommeil derrière moi, je me lève pesamment et ouvre en grand toutes les fenêtres. Le jour est là, les enfants sont déjà scotchés à la télé. J'ai traversé les ténèbres, je suis dans la vie.

Tellement heureux d'en avoir réchappé, je glandouille jusqu'à l'heure de la sieste. Je m'effondre alors sur mon lit, toutes portes ouvertes, sans la moindre frayeur, et ne refais surface que deux heures plus tard.

Rue des Rosiers

Jack-le-Souriant fit son entrée à La Table d'Italie.

Jack-le-Souriant avait la foi. Une foi d'une telle intensité qu'elle ruisselait sur son visage comme la bonté sur celui des militants de l'Armée du Salut. Il était grand, maigre et des cheveux raides encadraient son visage de basset artésien. L'ennui avec Jack-le-Souriant, c'est qu'il était toujours plus fauché que vous. Il fallait carrément le nourrir et, en remerciement, il vous lisait son dernier poème. C'était ça le plus dur à supporter.

— Love, Marco.

— Salut, Jack, répondis-je sobrement.

Il se posa sur le tabouret face à moi et, l'œil allumé, contempla mon assiette.

— Fameux jambon. Ça me rappelle cet excellent poème de Rosemonde Carpentier sur la mort des oliviers en Basse-Provence. Voyons, comment était-ce déjà... ?

— Jack !

— Oui ?

— Prends ce jambon et ferme ta grande gueule, s'il te plaît.

Il fit l'étonné mais plongea rapidement et sans vergogne ses mains sales dans ma nourriture.

— Le dernier mécène sur cette terre cruelle, décréta Jack, la bouche pleine.

— Tu parles ! J'ai seulement de quoi me payer à manger ! Mais ça va changer : la grande presse me fait les yeux doux.

Il roula des prunelles tout en subtilisant d'une main experte mon verre de vin.

— Ho, ho ! Tu as vendu quelque chose ?

— *Le Monde* me prend une nouvelle, mentis-je sans frémir.

— Bravo. On ne proposera jamais cela à un poète. Notre exigence de vérité les laisse pantois ; ils ne peuvent pas entendre nos voix, ces fonctionnaires obtus et coincés dans leurs petits bureaux crasseux.

— Allons, tu exagères ! m'insurgeai-je.

— Un jour, nous nous dresserons face au silence médiatique avec nos mots pour seul pouvoir...

La phase visionnaire. J'émis le vœu, *in petto,*

94

de ne jamais atteindre ce niveau de connerie, la maladie m'apparaissant encore préférable à cela. Puis il se leva, repu car, son activité physique étant minimale, il n'avait pas besoin d'avaler grand-chose pour se sentir ballonné.

— Marco, tu m'as permis de survivre une journée de plus. Je ne l'oublierai pas et je te le prouve immédiatement.

— Écoute, il faut absolument...

— Assis.

Bon, je me reposai sur la chaise. Il tira de sa poche de veste un papier qui avait manifestement emballé une viande casher et, après s'être éclairci la gorge, commença :

> *Soleils dévastés*
> *Métempsycose de nerfs*
> *Un lapin décapité*
> *Siffle un petit air joyeux*
> *La fin des bourreaux*
> *Cric stomacal*
> *Et notre méchante comptine*
> *Da dou ron ron écartelée.*

Jack-le-Souriant laissa planer un silence recueilli puis, tournant vers moi son visage irradié par un bonheur infernal, s'enquit de mon avis :

— Alors ?

— Heu... « Da dou ron ron », c'est pas mal.
Un peu rétro... mais très frais.

Il ne touchait plus terre.

Avec le Vénitien, nous le regardâmes franchir
la porte de l'épicerie, flottant sur un nuage de
pure métaphore. Il condescendit à emprunter la
rue Ferdinand-Duval et ce modeste goulet s'en
trouva embrasé. Le restaurateur, plié par le rire,
partit se réfugier dans sa cuisine et, à grands
coups de torchon, interrompit un séminaire de
mouches organisé dans son gorgonzola.

Je réglai l'addition et me dirigeai vers la librairie en traînant les pieds. J'avais obtenu cet
emploi de libraire six mois plus tôt grâce à mes
talents de plombier.

L'annonce promettant une place de vendeur
chez Uranus figurait dans un journal gratuit qui
traînait sur une table dans le couloir de mon
hôtel.

L'annonce datait de trois jours mais je me
précipitai quand même car mes économies de
jeune homme fondaient comme neige au soleil.

Georges Terrien, le libraire, ne m'était pas
inconnu. Il s'agissait d'un petit homme tiré à
quatre épingles, rondouillard et noir de poil, qui
portait des cravates avec des dorures et des bre-
loques accrochées dessus. Il entassait depuis

vingt ans dans son local des livres qu'il ne pourrait jamais vendre, mais possédait l'esprit collectionneur et ne résistait pas à une curiosité. Nous nous étions accrochés une fois au sujet d'Arthur Cravan. Monsieur Terrien soutenait qu'Arthur, comme l'affirme la légende, avait disparu sur une barque légère, mais je tenais de bonne source qu'il avait été assassiné, ainsi que son compagnon de voyage, sur la route de Mexico.

Je doutais néanmoins que le père Terrien puisse avoir quelque souvenir de notre algarade. Je me présentai donc dans la boutique : cheveux bien propres, raie sur le côté, veste de tweed, pantalon gris. Le libraire était plongé dans un très vieux livre de cuisine.

— Je viens pour la place de vendeur. Ce n'est pas trop tard ?

Il leva les yeux sur moi et son regard venimeux me toisa sans complaisance. Puis un sourire mandarinal étira sans prévenir ses joues roses.

— Mais pas du tout, cher monsieur, pas du tout.

— Je n'ai lu votre annonce que ce matin et je pensais que vous étiez peut-être déjà décidé...

Sans lui laisser le temps de m'interrompre j'énumérai mes rares succès universitaires, lui fit part de ma vocation d'écrivain et terminai par l'heureuse coïncidence qui nous faisait habiter pratiquement la même rue car sa librairie faisait face au restaurant de Jo Goldenberg.

Il joignit ses doigts courts au-dessus de son bureau et, d'une voix onctueuse, prit la parole.

— Écoutez, cher monsieur... euh...

— Tout le monde me dit « Marco. »

— Monsieur Marco, comment vous dire... Je suis un vieil original et, aux diplômes, je préfère imposer à mes futurs vendeurs une sorte de test, voyez-vous?

Je ne voyais rien du tout, mais qu'il accouche, nom de Dieu!

— Alors, voilà : je vais vous poser une question d'ordre littéraire et, si vous répondez juste, vous êtes engagé.

— Ça me va, affirmai-je avec assurance.

Terrien, dissimulant un sourire féroce me sembla-t-il, se leva et, me tournant le dos, se prit à contempler une vieille édition des œuvres de Colette. Puis il pivota sans prévenir.

— La question est simple : dites-moi dans quelles circonstances Arthur Cravan a disparu.

L'ignoble me contemplait avec ravissement. Il avait de la mémoire, je devais lui rendre ça.

Je m'apprêtais à sortir dignement, sans ouvrir la bouche, quand la soudure du tuyau d'alimentation reliant la chaudière aux deux radiateurs éclata. En un rien de temps, une douche tiède s'abattit sur les précieux livres.

Terrien suffoquait, à deux doigts de la dépression nerveuse. Je me ruai sur le tuyau et colmatai tant bien que mal la béance avec mon mouchoir.

— Coupez la chaudière, vite! intimai-je au libraire.

Tel un automate, le vieux tritura les manettes et le flux se fit plus discret. Nous étions trempés tous les deux et l'eau continuait à couler.

— Trouvez des torchons et de la ficelle, commandai-je à nouveau.

Il s'éclipsa dans l'arrière-boutique, psalmodiant de confuses prières, et je l'entendis bousculer le bazar invraisemblable entassé dans la pièce. Pendant ce temps, je suppliais la tuyauterie de garder son calme et à grands coups de «Allons ma biche, rentre là-dedans!» m'évertuais à faire coïncider les deux tronçons.

Terrien était revenu et me fixait, épaté par mon savoir-faire.

— Vous avez trouvé des torchons? m'enquis-je.

— Euh... oui, les voici.

Il me tendit ses hardes. Je fixai les tissus autour de la brèche, ficelai l'ensemble et, enfin, le flux cessa. Monsieur Terrien sautillait d'une table à l'autre, s'arrachant les cheveux et se lamentant sur les reliures qui commençaient à gondoler. J'étais trempé et des frissons me parcouraient le corps. N'ayant pas changé d'avis au sujet d'Arthur Cravan, je gagnai discrètement la sortie, abandonnant le libraire à son désespoir intellectuel.

— Hé là !

Je lâchai la poignée et me tournai vers lui.

Son œil sévère m'examina de la tête aux pieds, puis un embryon de sourire voleta sur sa bouche. Oui, j'étais trempé, flasque et piteux.

— Un homme qui parle aux tuyaux ne peut être entièrement mauvais. Je vous engage, déclara Terrien de sa petite voix ronde en regardant ailleurs.

— Merci, monsieur Terrien. Quand dois-je commencer ?

— Vous avez déjà commencé.

La première

À vingt ans je me décidai à effectuer le grand saut côté sexe. Après des années d'attouchements, de pelotage et de branlette sauvage, il me fallait passer aux choses sérieuses. Le mot « puceau » me faisait horreur, je devais rentrer dans la normalité et pouvoir moi aussi aligner des triomphes pornographiques dans les discussions viriles post-adolescentes.

Mes parents décidèrent, pour une raison obscure, de me laisser leur pavillon le temps d'un week-end alors qu'ils partaient supporter un mariage paysan dans la Normandie profonde.

J'en profitai pour organiser un après-midi avec quelques amis et demandai à l'un d'eux d'inviter Joyce, qui soutenait la réputation de salope absolue dans mon bourg banlieusard. Coucher avec Joyce relevait, disait-on, d'une simple formalité, et c'était exactement ce qu'il me fallait. Foin des préliminaires, palabres, slows langoureux, baisers furtifs devant la porte du garage. J'en avais soupé de toutes ces sima-grées, concentré sur une pensée unique : trin-gler cette chienne et qu'on en finisse.

Deux autres copines, plus vertueuses, étaient présentes et notre petite fête se déroulait selon mes prévisions : nous buvions sec, l'ambiance était cool et, après quelques salamalecs, l'un de mes amis me souffla à l'oreille :

— Je monte avec Joyce.

Je me renfrognai mais approuvai du chef.

Un certain laxisme sexuel était de mise à l'époque et m'insurger m'aurait discrédité. Ils montèrent donc et je me concentrai, en com-pagnie des autres, sur les derniers titres que pro-posait l'industrie du disque. Un peu plus tard, Daniel redescendit, l'air vaguement gêné. Je le tirai à l'écart :

— Qu'est-ce qui se passe ?

— C'est pas mon jour. Tu devrais monter, elle n'a pas l'air contre.

J'avalai dare-dare les quelques marches me séparant du nirvana. Joyce folâtrait sur mon lit spartiate, minaudant, l'œil rivé aux modestes affichettes fixées au mur. Sans tergiverser, je lui enfonçai ma langue jusqu'au fond de l'estomac. Elle prit bien les choses et je sus de suite qu'il me fallait transformer cet essai. C'est alors qu'un doute affreux s'empara de mon cerveau en ébullition : comment procédait-on en réalité ?

Concernant la fusion des corps, je me trouvais confronté à un problème que j'avais fait l'erreur de ne pas potasser.

L'esprit concentré sur cette énigme purement technique, je fis glisser la jupe de Joyce et tout obstacle pouvant freiner ma progression implacable. Je devais trouver une astuce pour ne pas subir une situation humiliante face à une pro de la bagatelle. Je proposai, tout à trac et rastaquouère :

— Je me ferais bien un petit soixante-neuf, moi. T'es d'accord ?

— C'est pas vraiment ce que je préfère mais, si tu y tiens...

J'y tenais, en effet, car dans le seul film porno que j'avais visionné à l'époque, le soixante-neuf était la position préférée des stakhanos du sexe. Des images du Kāma Sūtra me revinrent également à l'esprit. Le soixante-neuf, c'était mon truc. Nous *¿prîmes* donc position et, cinq minutes plus tard, Joyce soupira et proposa : *dominierten*

— Remets-toi normalement.

Seigneur, le Missionnaire ! Un grand classique mais, dans mon cas, un Éverest périphérique. Je m'exécutai maladroitement et la jeune fille, pas bégueule, guida mon organe vers l'objet de tous
prüde

les désirs adolescents, la caverne, le gouffre, le secret.

Et, de puceau que j'étais, je devins un vrai mec. Nous redescendîmes séparément et je m'évertuai à déceler sur le visage de mes amis l'ombre d'un sourire, un regard différent qui témoigneraient de mon changement de statut. Mais non, ils continuèrent de papoter comme si de rien n'était. Je me précipitai vers la salle de bains pourvue d'un miroir de bonne dimension. Je devais être différent, ça tombait sous le sens. Je déchiffrai mes traits avec avidité mais ne découvris que les joues mutilées d'un grognard de l'acné et le regard veule d'un crétin satisfait.

Merde, personne ne le saurait. On jetait sa gourme — il s'agit d'une figure de style — et puis c'était fini. Le monde continuait à tourner sans prendre en compte que Villard appartenait au Club des Fameux Baiseurs.

Je fus quelque peu choqué par cette révélation et décidai de me détourner du sexe, dépité par la banalité de l'Acte ultime.

Mais cette bouderie ne dura pas. Je fis la connaissance, cinq jours plus tard, d'une brunette à la bouche luxurieuse et le teckel frétillant se réveilla en moi.

Celle-ci ne couchait pas mais, ça, c'est une autre histoire.

Le milliard

soldat de la veille garde, sous Napoleon Ier

Le téléphone grésille sur mon bureau. 6022.
Ça me dit quelque chose... Oui, l'assistante de
M. D.

Michou pour les intimes. La dernière fois,
c'était les Coréens, je suppute un désastre au sud
de l'équateur. Adrénaline à dix mille.

— Oui ?

— Marc, il vous attend à seize heures dans
son bureau.

— Heu... d'accord. Vous savez de quoi il...

— Ici, on ne sait rien. Il ne me dit plus rien,
c'est horrible !

Elle éclate en sanglots et raccroche sèche-
ment. J'aime ce genre d'ambiance : primesau-
tière, chaleureuse et suintante d'affection réci-
proque.

Marco, tu restes cool, t'es un vrai mec, un dur
de dur. Tu as mouché les Coréens, ça ne peut
pas être pire.

Si, ça le peut. Un diktat énoncé par New York, notre tête de pont US.

Tous les services se couchent devant l'arrogante filiale managée par des *rednecks* persuadés que Woody Allen est un ex-champion olympique du quatre cents mètres.

Treize heures trente. Rester zen, le secret de la réussite.

Je descends avaler quelque chose de léger au Café de France, assorti d'un demi Heineken. Petite balade cafardeuse jusqu'à la poste et retour dépressif au studio où m'attendent trois fournisseurs que mon cerveau en déroute avait éliminés de mon emploi du temps.

Seize heures tapantes. Antichambre néogothique. Ça me vient comme ça : la nuit, ils doivent sacrifier des femmes de ménage à un dieu païen qui arbore le rictus faux-cul de Pierre Bergé. Par exemple.

Il ouvre sa porte, m'aperçoit et me fait signe d'entrer, une ombre de sourire flottant sur ses lèvres. Ça ne peut pas être la cata totale, mes intestins se décontractent en souplesse.

— Marc, vous êtes au courant pour le milliard ?

Il doit me confondre avec un autre, le seul larcin dont je suis responsable dans cette boîte concerne un timbre togolais à trois cents francs CFA destiné à mon fils aîné.

110

— Le milliard? couiné-je.

— Oui, nous dépassons cette année — et pour la première fois — le milliard de francs de chiffre d'affaires.

Ouf.

— Anciens francs?

Il m'examine des pieds à la tête. Je décèle de la pitié dans son regard. Alors j'éclate de rire avec un bruit de gorge évoquant celui d'une chasse d'eau.

— Je blaguais, bien sûr!

Un cadre hyperréactif, c'est ça : pouvoir réparer ses conneries en moins de cinq secondes chrono.

Du coup, il sourit lui aussi. C'est pas le mauvais gars.

— Oui, avec ce milliard je voudrais marquer les esprits des principaux cadres de la société qui ont contribué à ce résultat. J'ai pensé à quelque chose de fort, une sorte de récompense...

Il continue à parler mais je suis ailleurs.

Devant mes yeux des paquets de biftons à l'effigie de Voltaire paradent sur un tapis volant en route pour les Indes. Je visite les souks de Marrakech à dos de chameau, Venise me prend dans ses bras, Londres m'ouvre son meilleur hôtel, les loufiats serviles du Crillon se penchent vers moi et déposent dans mon assiette des mets raffinés évoquant la luxure.

111

Puis je pense à Christine. Je vais lui faire la mégasurprise : une Clio rouge avec *toutes* les options. Surtout l'allume-cigares. Je ne fume pas mais, un allume-cigares, ça en jette.

Enfin, bon, tout dépend du montant de la prime. Mais ce vieux M. D. ne va pas me décevoir. Il ne va pas se montrer chien avec ses fidèles louveteaux.

Moi Grand-Cerf très compétent, *bwana*. Ah, seigneur, j'adore ce mec !

Ma voix se fendille et je pose finalement la question.

— Et vous avez pensé à comb... à quoi ?

— Une médaille.

Plusieurs de ces petites artères qui folâtrent du côté de l'aorte explosent sans prévenir dans mon corps incrédule.

— Une quoi ?

— Pas vraiment une médaille mais une plaque gravée qu'on pourrait fixer dans du plexi et que chacun poserait sur son bureau. Tirage limité à trente-six exemplaires. Pas mal, non ?

C'est bizarre, la haine. On se croit immunisé, capable d'échapper à ce sentiment dégradant, et ça vous prend comme ça, sans prévenir, un jeudi à seize heures cinq.

— Oui, ça va beaucoup plaire, ricané-je.

— J'ai pensé à Arthus-Bertrand pour la réalisation, nous avons de bonnes relations avec eux.

J'opine mollement. Arthus. J'exécute une marche arrière de vingt-cinq ans et me retrouve à ma sortie d'Estienne, diplôme en poche, avec deux propositions de travail : dessiner des médailles chez Arthus pendant quarante piges ou travailler au SMIC cinquante heures par semaine sur la mise en page de *Hara-Kiri*. Finalement, je suis parti à l'armée et j'ai raté Mai 68.

— Oui, Arthus, je connais bien. Je vous dessine un symbole ?

— J'en ai un, regardez.

Il me brandit sous le nez un catalogue sorti du néant et indique un modèle de médaille représentant quatre mains tronquées à l'avant-bras qui se serrent les unes les autres. Plus stalinien, tu meurs. Même les grouillots de Mao Zedong — les ringards du siècle — n'auraient pas osé. Là, je suis tétanisé, sec, lessivé.

— J'aime ce côté compagnonnage fraternel, pas vous ?

— Si, si.

— Bien sûr, vous arrangerez tout cela avec notre logo et l'indication de l'année. Il faudra inscrire également le nom de chaque cadre sur la face arrière. L'idéal, ce serait de pouvoir distribuer ce cadeau juste avant Noël. Vous serez prêt ?

Et comment. Juste pour avoir le plaisir de

découvrir les visages effarés de mes collègues recevant cette monstruosité. *Ungeheur*
Heiligtum

Je quitte donc le sanctuaire, gonflé d'une nouvelle mission d'importance. Le soir, en rentrant chez moi, j'informe Christine d'une voix laminée par le mauvais sort :

— On a failli avoir une Clio.

— Avec les options ?

— Au point où j'en étais : oui.

— Dommage. Achète-moi le dernier Jonasz, ça compensera.

Elle n'est pas difficile. Moi non plus, d'ailleurs. Ce qui nous enchante, c'est de rêver aux trucs insensés qu'on ferait avec un paquet de fric.

La Clio, c'est pas top-niveau mais nous avons horreur des caisses de parvenus. Mercedes, Porsche et consorts.

Trois semaines durant je m'active donc sur le trophée du milliard qui, finalement, est distribué dans l'indifférence générale. Tous les cadres pensent aux augmentations de salaire, aux jouets pour les gosses, au réveillon chez la belle-mère et *tutti quanti*.

Le trophée Arthus-Bertrand se ramasse le flop de l'année.

Comme je suis l'un des instigateurs de cette remarquable œuvre d'art, je me sens obligé de ne pas reléguer l'objet au fond d'un tiroir. Je le dissimule vaguement sur le retour de mon bureau encombré de paperasses. Présent et absent, comme qui dirait.

Depuis quelque temps de jeunes cadres de l'export ou de l'informatique — faussement timides, les pires! — hantent le studio où je règne sans partage. Ils ont retourné en mon absence le cube de plastique pour mettre au jour l'inscription qui parade à l'arrière :

MARC VILLARD
1992
1 milliard

Il se trouve toujours l'un de ces péteux pour me demander, la voix sucrée :

— Dites donc, Marc, s'il vous reste quelque chose sur votre milliard, j'aurais besoin de dix briques, vous pourriez me les avancer?

Je ricane, l'air entendu. Dieu, comme je les hais.

Souffreteux

Aujourd'hui j'ai décidé de geindre. De prime abord ça paraît simple mais l'exécution requiert un long entraînement. Je pénètre dans la cuisine en maugréant et me massant de la main droite l'intersection du bras gauche. Ça dure cinq bonnes minutes avant que Christine ne repère mon état de délabrement.

— Qu'est-ce que tu as ?

— Sais pas, ça fait deux jours maintenant...

— Le cancer du coude, ça n'existe pas.

— Je sais, je pensais à un effritement des cartilages.

— Ah, c'est pas mal, ça !

— Je suis bon pour le scanner.

— Oui, oui, pour l'évacuation en hélicoptère tu lèves le pied, on n'a plus les moyens.

— Moi, quand j'ai mal, tout le monde s'en fout.

Mes deux jeunes enfants débarquent, les yeux

mités, pour dévorer leurs céréales et, à l'aide d'un regard agonisant, j'arrive à les intéresser à mon cas.

— Faut peut-être te couper le bras ?

— Comme le capitaine Crochet. Putain, le look.

— Ne dis pas « putain ».

— Et « couilles » ? Je l'ai pas dit hier.

— C'est pas une raison.

Geindre le matin est assez délicat, chacun ayant beaucoup à faire avant de partir au travail ou à l'école. On perçoit une dilution de l'attention. Les gens, faut pas les faire chier avant qu'ils aient avalé deux cafés à la suite.

Heureusement, sur mon lieu de travail, je peux me rabattre sur des thèmes qui marchent à tous les coups.

Mes collègues sont plus jeunes que moi et j'adore rappeler mon âge canonique, le regard mouillé, en massant mes courbatures. Elles protestent assez vivement comme quoi je suis en pleine forme, et du coup j'arrive à glisser qu'au plan sexuel je suis toujours une bête mais c'est la carcasse qui a du mal à suivre. S'ensuit une discussion générale sur ma prétendue vigueur ; j'en oublie mon âge, mes maux. J'oublie même de geindre.

J'ai toujours été geignard, souffreteux. Finalement, la déroute psychique m'a rattrapé et chaque matin j'introduis huit à dix pilules dans mon pilulier que toute l'entreprise contemple avec effarement. Car c'est là où le bât blesse : je ne suis jamais malade. Deux jours de fièvre par an, point final. Parfois, un jeune cadre dynamique me croise en train d'absorber une pilule rose et s'inquiète :

— Vous êtes malade, Marc ?

— Non, non : LSD. J'ai besoin de vibrations pour arriver à créer.

Ils ne savent pas si je plaisante mais, par mesure préventive, évitent mon service. Être aperçu en compagnie d'un drogué pourrait leur faire perdre vingt points de coefficient. Ça commence comme ça : on vous bloque à 420, on vous demande avec insistance si vous avez *vraiment* besoin d'un portable et, un beau matin, la Toyota jaune d'un pédé de l'export est garée en lieu et place de votre R 18 de fonction dont l'existence ne tient plus qu'à un fil de batterie.

On pourrait croire à lire ces lignes que j'ai peu d'affection pour les jeunes cadres.

C'est faux : je les hais. Surtout les fils de riches, diplômés d'écoles de commerce, à qui l'on a répété trois ans durant qu'ils sont les meilleurs et qu'ils vont casser la baraque en pénétrant dans la vie active. Ceux-là, il faut les plier dès la première semaine sinon ça prendra des années avant d'en faire des cadres moyens adeptes du

fallower

pot-de-vin qui finira par les perdre à l'aube de la cinquantaine. Quand ce jour béni arrivera, je serai déjà six pieds sous terre. Donc, il faut faire vite.

Finalement, je prends rendez-vous, par un soir d'hiver froid et sans pitié, rue Bachaumont au centre Scannermachintruc. Il faut attendre. J'essaie de déceler sur les visages qui m'entourent les strates d'une maladie incurable, un abandon, quelque chose qui me ferait sentir en meilleure forme, quoi. Mais non, chacun affiche un masque impénétrable. Deux jeunes filles pouffent dans un coin, ignorantes du tragique de la situation. Enfin mon tour arrive et on me propulse à moitié nu sous le grand arceau. Que va-t-il sortir de tout ça ? Je n'ai plus besoin de geindre devant l'opérateur, je suis liquéfié, petit garçon, maman bobo. Je m'allonge, pas bouger. L'engin se met en branle. Alors, en fermant les yeux, je vois brusquement tous les pires moments de ma vie défiler en accéléré. Et, comme dirait Woody Allen, ils défilent dans une voiture d'occasion. C'est ça le pire, une vie dominée par un crédit à onze pour cent qui parade dans une Clio accusant cent mille bornes au compteur. Faut avoir des ressources pour survivre à ça.

Je me lève, je vais payer. Résultats dans la grande pochette en plastique. Timidement je m'informe, la voix chevrotante :

122

— Quelqu'un pourrait me commenter les radios?

La blonde soupire et m'indique le fond du couloir où officie le seul toubib du centre, cerné par des murs lumineux. Il m'attendait, tend la main, et son estomac fait des bruits bizarres. Il est vingt et une heures. Il passe en revue les six clichés. Notre Père qui êtes aux cieux, soyez pas vache, quand je dis que le pape est un vieux pédé fasciste je plaisante, bien sûr.

— Rien. C'est musculaire. Vous jouez au tennis?

— Oui, monsieur.

— Arrêtez pendant un mois.

— C'est tout?

— Ben oui. Ce n'est pas le bras avec lequel vous... heu...

— Non, non. D'ailleurs, je suis marié.

— Alors pas de problème, bonsoir.

Irradié, miraculé, je remonte vers la rue Dussoubs où m'attend ma famille, pas stressée pour deux sous. Ils sont pliés devant un vieux Capra.

— Tu survivras? s'informe Christine.

— Oui, oui, c'est musculaire. J'ai subi une journée d'enfer au boulot et ça me fait comme des coups d'aiguille qui me traversent le cerveau toutes les trois minutes.

— Prends du Doliprane, propose Romain.

— Ça ne suffira pas, c'est plus grave.

Puis, brusquement, je me décide à passer une chouette soirée à la maison. Sans souffrance ni gémissements.

J'éclate de rire, caresse la joue des enfants. Seigneur, comme je suis bien. C'est à ce moment précis que Christine me tend la feuille d'impôts et son regard me dit clairement : « Là, Paulo, tu vas en chier un maximum. »

Le défilé

J'ai enfin obtenu mon carton d'invitation pour mon premier défilé de mode. John Galliano officie derrière le décor installé sous une tente dans le Carré du Louvre. Je suis un peu ému, bien que Galliano ne soit pas du genre à faire dans la provocation, euh... gratuite. Il est au faîte de son art et peaufine avec rage un savoir-faire reconnu dans le monde de la mode. Enfin, quand même, c'est mon premier défilé. Je suis bizarrement installé dans un secteur dévolu aux journalistes de mode, et aux attachées de presse et de relations publiques. On les remarque aisément : elles portent toutes un sac Vuitton et une écharpe en laine bâille avec grâce sur leurs épaules.

Spots en batterie. Massive Attack dans les baffles. Les moniteurs TV s'allument, la lumière baisse sur les gradins.

Des filles somptueuses investissent enfin le

podium, l'organdi s'affole, le rose fuchsia aboie sur les hanches. C'est au moment où, bouche bée, j'en prends plein les mirettes que les deux ménopausées tassées derrière mon siège commencent à tenir salon.

— Tu as vu Jane-Aymone?

— Elle est en face. Reliftée trois fois. Quand elle rit, j'entends craquer les sutures.

— Ne sois pas haineuse, Cécile...

— Elle m'a doublée sur la campagne des bébés phoques. J'oublierai jamais. J'avais collé un Chippendale dans le plumard de Bardot et Kouchner était prêt à ramper sur la glace contre une Kawasaki...

— Celle que Noah t'a donnée?

— Et alors? J'ai marché sur les genoux pour Noah. Après trois mois de travail au corps, Le Pen était prêt à boire un café avec lui, tu imagines!

— Au salon, le café?

— Heu... non, dans la cuisine du gardien. Enfin, Babette, faut pas demander l'impossible : ce mec est quand même un foutu négro!

— La fille à côté de Masure me dit quelque chose...

— La blonde? Elle a joué dans un James Bond...

— James Bond contre Mère Teresa, non?

128

— Tu es sûre ? C'était à l'époque Sean Connery, alors. Elle ressemble à ma grand-mère.

— Et ton deal avec Elton John ?

— Ça avance doucement. J'ai trouvé le titre : *Candle in the Swing*. Maintenant, faut attendre que Tom Jones casse sa pipe.

— Je connais des Libanais qui...

— Ne me dis rien. Fais-le, mais je ne veux rien savoir.

— Okay. Tu as été payée sur la promo du dernier Depardieu ?

— Non, mais j'ai passé soixante-dix mille balles de boissons en note de frais.

— Je te crois pas...

— Un tournage à Ibiza, faut pas rêver, les gens ont soif.

— Ouais, ça pue la coke à plein nez, ton histoire.

— Faux. Palmade a refusé le rôle au dernier moment. On était clean. Bourrés mais clean.

— On m'a proposé de relancer les Fly-Tox...

— Hein ?

— Tu te rappelles pas ? Les trucs pour...

— Non, non, j'étais pas née. Toi, tu t'en souviens, ha, ha !

— T'es vraiment conne. À ton avis, je prends ?

— Parles-en au *Fig'-Mag'*. Ils pourraient faire une couv' avec Emmanuelle Béart. Devant Saint-

Bernard, en madone mondaine avec son Fly-Tox de merde.

— Qu'est-ce qu'elle a sur la bouche?

— Rien, elle s'entraîne pour le prochain Disney, c'est elle qui fait Donald.

— Dis donc, c'est vachement coloré, Mugler, cette année!

— Mugler... C'est pas Galliano pour Dior?

— Merde, je me suis plantée, Mugler c'est demain.

— De toute façon, tu n'as aucune chance de décrocher le budget, Pamela a sorti le grand jeu.

— C'est-à-dire?

— Elle lui a refait le coup du cancer : J'ai six mois à vivre. Adoucis mes derniers jours, Thierry chéri.

— Et il a marché, ce débile?

— Évidemment. En 95, j'ai décroché sa promo «accessoires» avec une sclérose en plaques.

— Moi, j'aurais du mal à mentir.

— Eh oui, c'est un métier!

— Dis donc, ça craint, ce défilé...

— On pourrait faire un saut au mémorial Diana, Gaultier organise un cocktail en plein air pour soutenir la cause des mines antipersonnel.

— Qu'est-ce que c'est?

— Heu... je sais pas. Mais Diana était contre.

— Allez, on dégage.

À ces mots, je me lève également et cours vers un buffet rachitique pour avaler trois Aspégic. Ma décision est prise : ce sera mon premier *et* mon dernier défilé.

L'enterrement

Les journalistes s'étonnent parfois qu'étant né à Versailles je puisse écrire sur la banlieue des ghettos. À quoi je réponds que ma famille était fort modeste bien qu'originaire des Yvelines. Modeste au point que mon père, quand il décida d'en finir avec la vie, fit l'acquisition d'un revolver à Auchan. En solde. Généralement, ce détail met un point final aux questions oiseuses. Quant à moi, l'évocation de la mort de mon père me transporte dix ans plus tôt à la porte d'une morgue, versaillaise comme de juste.

On m'avait proposé de contempler une dernière fois le défunt avant de fermer le cercueil. J'avais décliné poliment, franchement terrifié à l'idée de découvrir le visage mutilé de mon père.

Quand la mort pénètre ainsi dans un monde trop bien rangé, les survivants passent par une série de sentiments confus et contradictoires.

Dans un premier temps, je m'en voulus de ne pas avoir pu prévenir un tel geste pourtant envisageable, puis je me laissai aller à la douleur de la perte. Mais ce jour-là, aux portes de la morgue, je lui en voulais presque de compliquer ainsi les choses.

Le temps était maussade, le corbillard gris foncé et les pompes funèbres sinistres, comme à l'accoutumée. Mon fils aîné était à l'école et les plus jeunes n'étaient pas encore nés. Seule Christine m'accompagnait pour cette ultime virée.

On ne sait jamais trop quand on commence à aimer. J'entends assez rarement parler du coup de foudre, les couples se forment plutôt au fil du temps. Ou alors sont évoqués les premiers rapports sexuels, perçus comme le fin du fin de l'émotion sensuelle. On devine que la chose est d'importance. L'idéal serait qu'une petite lampe rouge s'allume quand l'amour paraît. Non, je blague, ce serait trop facile.

Enfin, bref, alors que nous progressions dans le corbillard avec le cercueil pour seule compagnie, je me rendis compte que j'aimais ma femme. Drôle d'endroit pour une telle révélation, me direz-vous, mais ce devait être la mort toute proche, ce sentiment étrange que tout peut finir ainsi — dans la sécheresse d'un coup de feu — qui figea en moi cette certitude.

Je cessai d'y penser quand nous parvînmes au cimetière où, contre tous mes ordres, une trentaine d'affligés nous attendaient sous un soleil de plomb.

Sur la route

Michel Lebrun, Philippe Setbon, Jean-Hugues Oppel et moi sommes, entre autres, les invités du Festival du polar de Châteauneuf-du-Pape. Départ en gare de Lyon. Je fais la connaissance de Setbon qui arbore une mine resplendissante et un moral à toute épreuve. Le TGV nous emporte dans un feulement chic vers Avignon, et Oppel en profite pour nous confier, à Michel et moi, tout le mal qu'il pense de l'audiovisuel. Débutant à la télévision, il vient de s'apercevoir que l'originalité est bridée, les interlocuteurs incompétents et que les gens de télé se prennent tous pour des créateurs. Cette situation — dont nous ignorions tout — nous émeut profondément et nous compatissons avec le cher Jean-Hugues. Setbon, lui, s'est perdu dans la lecture d'un roman et, en contemplant son visage serein, je ne peux m'empêcher de penser que cette belle harmonie va subir des ravages durant le week-end.

Le seul endroit où il pleut en France ce samedi se trouve être, comme c'est étrange, la région avignonnaise. Nous débarquons donc sous des hallebardes. Un Fangio robotique se propose de nous conduire illico chez un vigneron. Il a des ordres. Okay. Nous posons donc nos sacs, toujours sous la flotte, chez le vigneron qui a installé — en plein courant d'air et sous des cuves métalliques du meilleur effet — quelques tables sur lesquelles nous pourrons confectionner des sandwichs et surtout *boire*. C'est d'ailleurs ce qui inquiète Michel, qui relève l'absence de tire-bouchons. Après des présentations longuettes de l'équipe organisatrice, ils finissent par ouvrir leurs foutues bouteilles et nous pouvons enfin déguster les mélanges détonants blanc/rouge de côtes-du-Rhône aux effets secondaires sévères.

Peu avant d'attraper une pneumonie collective, nous réintégrons le car, direction la FNAC d'Avignon où une foule en délire nous attend pour un débat de la plus haute importance sur la place que tient la nourriture dans le polar.

Huit personnes sagement assises dans le mini-auditorium de la FNAC avignonnaise patientent en attendant les douze participants au débat car, entre-temps, le reste de la joyeuse clique du

142

polar nous a rejoints. Le problème est entier, la scène ne supporte que trois chaises. Tito Topin, régional de l'étape, est invité à s'asseoir, l'animateur en fait autant. Reste un siège.

Discrètement, Lebrun et moi nous esquivons dans la foule du samedi, entraînant Oppel avec nous. La pluie a cessé et Lebrun pose le vrai problème de la journée :

— Il nous faut un bistrot.

La place des Carmes nous tend les bras à deux pas et nous nous installons comme des papes — ha, ha ! — en terrasse d'un café accueillant. Au terme d'une demi-heure, un loufiat s'intéresse à notre cas et, quand Michel commande son premier whisky de la journée, le cher homme précise qu'il ne sert pas d'alcool. Nous plantons là l'ami des sodas et partons nous installer dans un établissement voisin qui accepte les poivrots.

Une heure plus tard, la caravane polar débarque pour gagner un restaurant situé en haut de la place où doit avoir lieu une émission de Radio Vaucluse. Question : combien auront-ils prévu de chaises ?

Aucune en fait, car l'émission est remplacée par une dégustation de côtes-du-Rhône assortis de mignardises en tous genres. J'en suis à mon douzième verre depuis notre arrivée et j'adore déjà tout le monde. Plus particulièrement Sandra Topin qui fait l'erreur de venir me parler d'un peu trop près de son court métrage. J'aime les gens, la vie est formidable. Michel, imperturbable, engloutit tous les verres qu'on lui colle derechef dans la main. Pour finir, photo de groupe.

Enfin une bonne âme se propose de nous déposer à notre hôtel pour « nous rafraîchir ». En français : pioncer comme des bûches. Le petit car zigzague dans la campagne et nous laisse choir devant un motel assez chouette flanqué d'une piscine inutile, étant donné la météo. Et, là, Lebrun comprend tout :

— On est coincés en pleine campagne. On ne pourra pas sortir pour picoler ce soir.

Cette révélation m'achève et nous nous traînons telles deux épaves vers nos chambres. Lebrun affirmera plus tard qu'il a lu. Moi, je dors. Putain, comme je dors !

Mais, chic, les amis, la grande soirée « étonnante » du festival nous attend. Le car piaffe, un animateur — David Fréchet, un pionnier du Noir — est là aussi et nous nous pressons de gagner un manoir dont le nom m'échappe, sur les hauteurs de Châteauneuf.

Au castel, grande classe, attention les yeux. Une vingtaine de tables rondes sont réparties dans une très vaste salle, pierres apparentes, reliques aux murs, toit en ogive. Je me retrouve à la même table que mes trois amis, quelques

144

jeunes filles charmantes nous accompagnent et une ou deux personnes au sexe indéterminé ferment le ban. Alors que nous lorgnons sur la porte des cuisines — affamés/assoiffés comme de juste —, un Monsieur Loyal provençal nous annonce que ce dîner va être l'objet et le centre d'une *murder party*. Des acteurs vont jouer une pièce autour des tables et d'autres comédiens assis à ces mêmes tables interviendront. Et la fête commence. Alors que nous engloutissons nos entrées, des gens s'apostrophent au-dessus de nos têtes. Je porte un verre à ma bouche ; un coup de feu éclate qui transforme ma modeste vêture en serpillière. Lebrun trouve une arête dans son dessert. À notre table, un homme au regard fourbe se révèle être un acteur que nous confondons sans tarder. Bref, le bordel est intense, la digestion compliquée et la soirée sidérante. J'ai oublié de préciser que le but de l'opération consiste pour chaque table, constituée en équipe, à trouver l'assassin. Vers la fin du repas, Pouy, entouré de comparses ayant deux verres d'avance sur moi, se lève et hurle par-dessus les têtes : « Celui qui a tué c'est Villard, le grand blond à la table du fond. »

Michel, à mes côtés, surenchérit : « C'est vrai, je l'ai vu. » Tout ce que j'aime. Ce vaudeville meurtrier se termine dans la confusion la plus pure. Il apparaît que notre table a gagné grâce

Häftigkeit

à l'acuité mentale de deux jeunes filles qui,
depuis le début du repas, prenaient des notes
sur le spectacle en cours.

Épuisés, Michel et moi demandons à rentrer
au motel.

« Maison », comme dirait l'autre.

Le lendemain matin, une promenade cham-
pêtre est prévue dans la région à bord de vieilles
voitures début de siècle prêtées par des collec-
tionneurs.

Avec Lebrun nous nous présentons à l'heure
précise sur l'aire de départ mais nous sommes
les seuls. Nos chers camarades, transportés par
la *murder party*, ont terminé la nuit fort tard et
brillent par leur absence. Qu'à cela ne tienne.
Nous nous serrons à l'arrière d'une De Dion-
Bouton offerte à tous les vents et le chauffeur
nous propose un tour par Orange. Cette histoire
se déroule avant que la ville ne tombe aux mains
des fascistes. Que pouvait-il nous arriver après la
soirée précédente ? Difficile à imaginer. Crever,
peut-être. Tiens, justement, alors que nous grim-
pons une côte surplombant Orange, la roue
avant gauche éclate et la voiture stoppe. Je fais
partie des gens qui portent la poisse : j'ai déjà
tué comme ça trois réalisateurs de films. Michel
s'étire en bord de route et d'un seul coup éclate

de rire : nous venons de crever devant le cimetière d'Orange qui s'étale à nos pieds. Ça ne s'invente pas. Puis nous découvrons le nom de la voie sur laquelle nous sommes immobilisés : *Montée Spartacus*. Michel est plié de rire, il s'étrangle : crever sur Spartacus et devant un cimetière, ça fait beaucoup. Huit cents chrétiens à nos pieds et pas un seul lion ! Enfin nous regrimpons dans les guimbardes et regagnons le motel. Chrono en main, nous redémarrons pour un second repas chez un autre vigneron. Inquiétude. Le Barnum polar se retrouve au grand complet et, là, nous découvrons avec stupeur la présence d'Hubert Monteilhet, chieur de première, pérorant à tout-va et, surtout, connaissant très bien Michel Lebrun. Notre activité durant une demi-heure consiste donc à éviter Hubert, Michel proposant sa nuque quand l'autre se tourne vers nous, moi occupant deux sièges pour qu'il ne puisse s'asseoir. Avec une satisfaction non dissimulée nous le voyons prendre place à une table qu'il commence à régaler de son savoir encyclopédique. Pendant ce repas pris sous une chaleur caniculaire — oui, la pluie a cessé —, nous absorbons force vinasses. Des blanches, des roses, des rouges. On irait bien faire une sieste mais voilà qu'on nous annonce la cerise sur le gâteau : le putain de DÉBAT. Michel me traîne derrière lui dans un état second, nous récupérons Oppel et la caravane s'ébranle en direction de Châteauneuf — ce bled existe, je l'ai rencontré — pour le débat «Bouffe et Polar» dans le grand café du village. Nous déclarons d'emblée vouloir rester en terrasse et l'on nous sert des demis pendant qu'un groupe de polardeux passionnés par ce sujet fondamental commence à remplir la salle.

Pas salauds, nous décidons de rentrer, prenons place derrière une table et c'est parti pour un tour. C'est à ce moment précis que je consulte ma montre. Il est seize heures et notre train part à dix-huit heures trente. J'indique mon poignet à Michel qui me sait parano côté départs. Car, en fait, partir pour un festival ne pose pas de problème, ce qui compte c'est revenir, à quelle heure et dans quel état. Monteilhet, comme prévu, étale sa science culinaire que je contre en prétendant préférer les Big Mac et le Coca light. J'entends le maître qui s'étouffe dans mon dos, en appelant aux valeurs ancestrales de notre beau pays. Tout cela nous entraîne gentiment vers les dix-sept heures trente, et Michel et moi échangeons des regards de désespoir. Enfin, on lève le camp. Alors que nous commençons à nous diriger vers notre minicar, un commando d'organisateurs nous stoppe et prononce la phrase magique : «Et la signature?» À ces mots Oppel rentre en transe, fait jaillir trois stylos performants de son slip et s'informe : « Où ça ? où ça ? »

Ma tête est une calebasse et Lebrun ne vaut guère mieux. Nous protestons en pleurnichant de l'heure du train, de nos femmes, de nos enfants qui nous attendent au coin du feu, cousant de vieilles toiles. Ça émeut, d'habitude. Rien n'y fait. Ils sombrent dans le futile et nous arrachent un quart d'heure de signature sur la place du village.

On pourrait penser qu'un dimanche après-midi les gens ont autre chose en tête qu'à faire signer leurs livres en plein cagnard. Partout, oui, sauf à Châteauneuf. Ils déboulent de tous les quartiers et je signe quinze livres en quinze minutes. Michel se lève, implacable, et rappelle que nous avions promis un quart d'heure. Cette fois-ci rien ne nous arrêtera dans notre marche triomphale vers la gare d'Avignon. Nous récupérons Setbon et rappelons l'heure du train à Oppel, mais celui-ci considère soudainement ce patelin comme un coin de paradis. Il reste donc et se propose de fermer les lumières et de donner un coup de balai à la fraîche. Parfait.

Le minicar bat des records du monde pour nous déposer à la gare quinze minutes avant l'horaire de départ. Enfin nous y sommes. Tout concorde, le wagon, les saloperies de réserva-

149

tions, l'horaire. C'est magnifique. ON FOUT LE CAMP !

Setbon, que j'avais peu remarqué durant le festival, affiche un teint cendré, un regard fixe, des gestes maladroits rappelant la maladie d'Alzheimer. Le syndrome du premier festival. Terrible. Certains ne s'en remettent jamais. D'une voix pâteuse, entre Valence et Lyon — quand son cerveau se reconnecte au réel —, il nous confie : « Plus jamais ça. » Avec Michel, nous nous lançons un coup d'œil qui en dit long. Les festivals n'auront pas notre peau, on remettra ça dans trois mois, dans six mois, pour peu que le vin à table soit servi à volonté.

Quand je rentre chez moi, ma femme me propose illico — devant ma mine défaite — de me faire couler un bain et d'appeler mon psychiatre. J'accepte le bain.

Deux heures plus tard, errant dans notre bureau, je décroche machinalement le téléphone qui sonne et participe à cet échange d'une virtualité ébouriffante :

— Je suis chez monsieur Villard ?

— Oui, madame.

— Heu, voilà, je suis très ennuyée. C'est madame Caparos des Motels et Châteaux. Vous étiez bien au festival de Châteauneuf dans le motel de...

— Oui, oui, j'y étais. Que se passe-t-il ?

— Eh bien, voilà... vous êtes parti sans payer.

— Sans quoi? Mais... mais... je... euh... Ça n'était pas pris en charge par le festival?

— Ah, pas du tout, monsieur, chacun payait sa chambre.

Je suis carrément liquide et Christine me récupère avec une louche pour me poser sur un fauteuil.

— Mais... mais personne ne me l'a dit, bordel de merde!

Je suis au bord des larmes, la dépression me guette. Christine me tend trois anxiolytiques.

À ce moment, dans l'appareil, j'entends le rire tonitruant de Lebrun, au bord de l'apoplexie, et celui de Dany Courapied, sa compagne à l'accent provençal contrefait. Je n'ai plus la force de rire, ce salaud m'a achevé. Il était comme ça et vous aurez compris que je l'aimais.

Les Comètes

En 1962, j'habitais avec mes parents dans une petite bourgade des Yvelines à douze kilomètres de Versailles. Peu passionné par la perspective d'une réussite dans les affaires, je me rabattis sur des passions annexes mais non dépourvues de noblesse : le football et le rock'n' roll. En semaine et à la nuit tombante, je malmenais une balle de cuir sur un stade fatigué situé en bordure de forêt. Et consacrais mes dimanches après-midi à un championnat d'Ile-de-France où je connus des fortunes diverses, au point que j'optai à dix-sept ans pour le basket avec l'équipe de Villepreux.

Je fis parallèlement l'acquisition d'une batterie minimale — très en vogue dans les sixties — et régalai chaque soir mes parents et nos voisins d'un beat inspiré. Je répétais seul dans le garage familial, autodidacte absolu dans le domaine musical mais animé d'un feu intérieur qui me consumait. Je me pâmais à l'écoute d'Adriano Celentano, puis les Chaussettes noires s'imposèrent sur mon Teppaz. Enfin je mis la main sur la galette de ma jeunesse : *Brand New Cadillac* par Vince Taylor. Comme tous les adolescents de mon âge, je découvris avec deux ou trois ans de retard les gloires US dont s'inspiraient sans vergogne les personnages cités plus haut.

Je chantais faux ; étudier la guitare me barbait : restait les drums. Enclumeur déjanté, martelant ses peaux tel un crotale sous cocaïne, ça en jetait un maximum. La rumeur se répandit dans le patelin comme quoi un allumé de cette « musique de jeunes » abrutissait les résidents de l'avenue des Acacias qui détournaient ostensiblement la tête à mon approche.

Deux garçons débarquèrent un dimanche à la maison. Un guitariste, un bassiste. Ils me proposèrent de les rejoindre dans la cabine de projection du cinéma paroissial où, chaque dimanche matin, ils alignaient dans le désordre culturel le plus débridé *Tutti Frutti, Retiens la nuit, Apache* (le syndrome Shadows) et *Besame Mucho*, en hommage à Jet Harris car ils ignoraient tout de Barney Wilen.

J'acceptai, fier comme un paon. D'un seul coup, les durs à cuire du bled qui, ordinairement, ricanaient sur mon passage ou piétinaient

mes lunettes à la descente du train se firent ami-
caux voire révérencieux.

Notre petite ville, désertée par la modernité,
tenait enfin son PUTAIN de GROUPE. Que nous
baptisâmes les Comètes car notre imagination
ne dépassait guère celle de Bill Haley. Celui-ci
avait néanmoins l'excuse de vivre dans un pays
qui est, de fait, une maladie mentale.

Je jouais fort mal de la batterie mais personne
n'y prit garde car seule comptait l'attitude.
Rock'n'roll attitude. *Very* important. Nous réga-
lâmes donc les Yvelines du son aigrelet des guitares Ohio trois ans durant. Puis un beau matin
un « impresario » replet et suffisant vint nous
auditionner. À la fin du *set*, il se tourna vers moi,
préoccupé.

— Tu as l'indépendance?

— Avec mes parents? Pas de problème.

Cette réplique, qui mériterait de figurer dans
le livre des records d'absurdité, scella mon évic-
tion. Je me concentrai donc sur mes études de
graphisme, le basket et les jeunes filles que mon
acné galopante ne rebutait pas.

Au fil des ans, le groupe disparut corps et
biens comme beaucoup d'autres de par le
monde et sans l'intervention de Yoko Ono.

La vie adulte nous aspira, nous nous rendîmes
— dans tous les sens du terme — au travail,
convolâmes et conçûmes des enfants peu

157

rebelles mais passionnés par la notion de famille.

Ces dernières années, des groupes de rock cacochymes que l'on pensait morts et enterrés se reformèrent. Une vague *revival* attira sous les feux de la rampe des mythes bedonnants bourrés de cocaïne et cinquantenaires que nous avions connus acérés, maigres, hargneux et vaguement abonnés aux drogues douces.

Cela me fit problème. Pourquoi les Comètes, elles aussi, ne tenteraient-elles pas un come-back pointu entre Plaisir et Trappes ? L'idée d'un « Yvelines tour » s'imposa à mon cerveau fatigué. J'en fis une fixation quand, par un hasard plutôt bienvenu, un repas de copains d'adolescence fut organisé sur les lieux où ma jeunesse s'était effilochée. Aucun des musiciens que j'avais côtoyés n'y participait mais je me faisais fort de regrouper tout mon petit monde à l'aide du tissu amical sur lequel les années n'ont pas prise.

Au cours du déjeuner, qui me permit de constater que certains vieillissent plus vite que d'autres, je glissai dans la conversation les noms de mes *guitar* héros. Les visages se fermèrent et j'appris coup sur coup la mort de deux d'entre eux. Le plus âgé avait succombé semble-t-il à une vie brûlée par les deux bouts, abus d'alcool et crise cardiaque. Le second était mort de façon plus étrange au cours d'une plongée sous-marine et dans des circonstances qui ne furent pas élucidées ce jour-là. Le repas était bien arrosé et structurer une discussion relevait de la gageure. Un peu dépité, je plongeai donc le nez dans mon assiette, mon rêve de come-back replié comme un vieux drapeau sudiste sous mes fesses. Mon voisin le plus proche — un intello au verbe acide — se pencha vers moi, hilare :

— Vous avez fait plus fort que les Beatles, ils n'ont qu'un mort, eux.

Cette plaisanterie macabre me rasséréna bizarrement. À peine rentré chez moi, je me plongeai avec fièvre dans mon *Dictionnaire du rock,* en quête d'un groupe improbable qui aurait lui aussi deux morts à son palmarès. J'écartai Lynird Skynird, décimé par un accident d'avion — hors concours, décidai-je mentalement — et ne trouvai que les Pretenders qui pouvaient rivaliser avec les Comètes. Mais qui se souvient encore des Pretenders ?

À dix-neuf heures, quand Christine revint du Luxembourg avec les enfants, je me campai devant elle et lui assenai la nouvelle de l'année :

— Tu sais quoi ? J'ai fait partie du groupe de rock le plus dangereux du monde. Deux morts, mieux que les Beatles.

Elle me contempla longuement et, avec un bon sourire compréhensif, me tapota l'estomac en susurrant :

— Toi, tu as encore fait des mélanges, à ta bouffe d'anciens combattants.

Je dois avouer ici que j'éprouve des difficultés pour imposer mon destin tragique à mes proches.

La fugue du psy

Mon psychiatre a disparu.

Ce n'est pas une blague. Je n'étais pas très assidu, c'est un fait, mais nos rendez-vous cycliques me permettaient de geindre en étant écouté. Je pouvais dire du mal de tout le monde, le docteur Fachetti prenait ça très bien. D'autre part, il était le seul dans mon entourage à pouvoir me prescrire les précieux anxiolytiques qui me permettent de supporter ce monde cruel.

Je téléphonai donc, un matin, pour prendre rendez-vous, et la secrétaire du cabinet médical me répondit, vaguement troublée :

— Le docteur Fachetti est absent en ce moment, monsieur...

— Quand doit-il rentrer ?

— Je ne sais pas.

— Pardon ?

— Oui, il n'a pas précisé de date de retour et on ne peut pas le joindre chez lui.

J'imaginai le pire : un suicide libérateur pour en finir avec tous les maux humains. Je voulus en avoir le cœur net et pris rendez-vous avec le gastro-entérologue qui occupe les mêmes locaux que mon psychiatre.

Au terme d'un examen vaguement rassurant, le docteur Durand me confirma l'impensable.

— Oui, c'est vrai, il est injoignable et n'a laissé aucune consigne. C'est fâcheux pour la moquette...

— Plaît-il ?

— Oui, nous devions changer la moquette et tous les médecins avaient prévu de partager les frais, alors on est bien embêtés. D'autant que le pédiatre n'est pas revenu non plus.

— Lui aussi a disparu ?

— Oui, il avait des problèmes avec le fisc.

— Mais Fachetti...

— Non, le docteur Fachetti, c'est différent. Avec les psychiatres, on n'est jamais sûr de rien.

Je quittai le cabinet, abattu, et remontai la rue du Louvre vers Montorgueil. J'allais devoir ramper aux pieds de Letellier, notre médecin de famille. pour quémander mon précieux Xanax dont les derniers cachets me garantissaient encore une semaine sans angoisse.

Je pris donc un second rendez-vous. Letellier me soigne, entre autres, pour ma tension qui m'oblige à ingurgiter chaque jour une gélule

164

destinée à calmer une vulgaire pompe qui s'excite du côté de l'aorte.

— Ah bon, Fachetti aussi ! Décidément, ils sont bizarres dans ce cabinet. Que puis-je faire pour vous ?

— Je prends notamment six Xanax par jour.

— D'accord, je vous en donne pour trois mois. Mais après vous devrez trouver un autre psychiatre, vous ne pouvez pas rester comme ça.

Reprendre toute l'histoire à zéro pour la raconter à un inconnu ne m'enchantait guère. Les vacances d'été approchaient et je pressentis que Fachetti n'avait pu abandonner les délirants, les abonnés à la psychose et les anxieux profonds sans leur laisser la moindre consigne.

Je passai sans prévenir au cabinet pour surprendre la secrétaire qui m'aurait, en temps ordinaire, éconduit au téléphone.

— Mais vous n'avez pas rendez-vous ! ânonna-t-elle.

— Effectivement, mais il doit bien y avoir moyen de joindre le docteur Fachetti, vous ne croyez pas ?

— Bon, d'accord. Il doit passer dans trois jours pour relever son courrier. Laissez-lui un mot.

Je rédigeai vivement sur un coin de bureau une supplique destinée au psychiatre concernant le Xanax et un psychotrope sans lequel je ne peux dormir. Puis je confiai la missive à la secrétaire qui me promit de la faire passer en urgence.

Que pouvait bien fabriquer Fachetti dans son triangle des Bermudes? L'homme était un bourreau de travail d'origine suisse tendance ritale, et son côté janséniste pouvait réfrigérer au premier abord mais j'adore que les toubibs aient l'air chiant. Un rigolo qui plaisante, une gauloise au bec, ne m'inspire aucune confiance. Le toubib se doit d'être austère, vaguement distant et tranchant dans ses diagnostics. Tout le contraire de ce que devrait être un inspecteur des impôts : néobab hypercool, approximatif et adepte des pots-de-vin.

Fachetti était parfait. Il m'avait épargné la régression, le cri primal, et avait compris au bout d'une heure d'entretien qu'il avait affaire à un couard chronique, pessimiste invétéré, qui ne voulait faire confiance qu'aux médicaments.

Je le consultais donc pour lui avouer mes frayeurs les plus récentes qu'il minimisait à l'aide d'une pharmacopée adéquate.

Mon été fut royal. Sans frémir, je me colletai avec un serpent dans mon jardin provençal et brisai la nuque d'un énorme lézard aux intentions peu pacifiques. Je crois même avoir chassé un marcassin qui fit l'erreur de croiser mon che-

166

min dans les Alpilles. C'est vous dire la puissance de mon mental et la sérénité de mon psychisme.

Puis septembre vint. Les peurs, le mal, la déprime. Je devais mettre la main sur Fachetti.

Alors que j'envisageais une opération commando sur le cabinet du bon docteur, une lettre dudit me parvint, comme ça, sans prévenir.

Il reprenait ses consultations, me joignait une ordonnance et ne soufflait mot des trois mois d'égarement où je dus survivre avec ma petite couverture rose pour seul soutien.

Cette désinvolture, datant de trois jours, m'agace prodigieusement. Non pas que je me prenne pour le centre du monde, mais bon, quand même...

Du coup, je réclame un rendez-vous sans tarder, bien décidé à le clouer sur son putain de fauteuil avec la seule force de mon mépris.

Vendredi, dix-neuf heures. Il ouvre, prononce trois mots, la voix fendillée. Il a maigri, l'Helvète.

— Alors, monsieur Villard, comment allez-vous ?

— Moi ça va, et vous ?

Il ne répond rien puis, à l'improviste, éclate en sanglots. Alors tout y passe : les salauds de patients, sa femme qui réclame un gosse, la fatigue du travail, sa psychanalyse qui foire et sa voiture — une BMW — qu'il a plantée à Issy-les-Moulineaux.

Je trouve les mots qu'il faut. Je vais le regonfler, le Fachetti, ça va pas traîner. Tel un DRH surentraîné, je reprends ses problèmes un à un et, pour chacun d'eux, trouve une solution appropriée. Au bout d'une heure je l'ai presque convaincu de participer à « Questions pour un champion », c'est vous dire ma force de conviction.

Il est vingt heures quinze et ma famille m'attend pour dîner. Je mets la main à mon portefeuille mais il me stoppe d'un geste.

— Ça ira comme ça. Revenez vendredi prochain, même heure.

— J'ai pas eu le temps de vous parler de mon cancer du coude...

— Ah oui... Et le sida, ça va mieux ?

— C'est calme en ce moment.

— Bien. Pour le coude, prenez deux aspirines. Allez, à vendredi.

Je l'ai retrouvé, mon Fachetti, hyperrassurant et positif. J'adore ce mec.

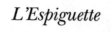

L'Espiguette

Au début, j'aimais bien l'Espiguette. C'est Tito qui nous avait indiqué cette longue plage de sable près du Grau-du-Roi. Quand nous sommes à Eyragues, les enfants se rendent chaque jour à la piscine de Saint-Rémy mais ils veulent descendre au moins une fois à la mer pendant les vacances.

J'en avais pris mon parti et sacrifiais donc à la traditionnelle virée de soixante-quinze kilomètres sous le cagnard pour que nous puissions batifoler comme les pékins lambda parmi les tessons de bouteille et les chouchous moisis.

Je ne suis pas un fanatique de la baignade mais je pris plaisir, les premières années, à barboter entre les planches à voile et les pédalos.

Maintenant, et ce depuis trois ans, la descente vers la Méditerranée m'est devenue une corvée particulièrement pénible. Tout m'agace : l'eau trop froide à mon goût, le vent qui soulève le sable et fait plier les parasols, la marche forcée de cinq cents mètres pour atteindre le bord de l'eau. Ma famille me traîne donc vers la mer, à la mi-août, tel un objet inutile et encombrant.

L'année passée, nous nous entassâmes dans la Peugeot rouge pour retrouver dans l'allégresse notre chère Espiguette.

En arrivant près de l'eau, je sus que ce n'était pas mon jour. Je tâtai les vaguelettes d'un doigt de pied boudeur : glaciales. Des nuages inquiétants s'amoncelaient à l'horizon et j'ai horreur de me baigner sous la menace d'un orage. Je me repliai donc, royal et vaguement hautain, sous notre parasol Kréma puis plongeai dans une œuvrette bourrée de *serial killers* tout en mastiquant les petits Lu qui font mon régal de boulimique rentré.

Christine et les enfants se jetèrent dans les vagues, comme d'habitude, sans se poser la moindre question existentielle.

Les tueurs en série me fatiguèrent rapidement et je me reposai l'œil en matant sournoisement une jeune fille occupée à troquer son maillot mouillé contre un sec. La serviette qu'elle serrait contre elle était de dimension modeste et je perçus, le temps d'un éclair, la blondeur d'une toison pubienne. Il y a des jours comme ça où un petit rien vous réchauffe le cœur et le reste. Puis quelques matamores bronzés, concentrés sur des cerfs-volants de compétition, m'amusèrent un quart d'heure durant. Je me décidai enfin à étirer sous le soleil mon corps d'albâtre gras et peu musclé. Et je gagnai l'eau.

Antoine construisait un château fort pris par les flots. Parfait. Romain, à dix mètres du rivage, plongeait furieusement sous l'eau sablonneuse pour rapporter en surface une bille de couleur qu'il laissait choir à quelques mètres. Puis replongeait. Somme toute, il s'agissait d'un jeu et, comme j'ai toujours eu horreur de jouer, je contemplai ce spectacle, navré mais sans intervenir. Chacun son truc, c'est ma devise.

Puis je cherchai Christine, balayant du regard une largeur de cinquante mètres de flotte qui pouvait accueillir sa brasse coulée. *Nobody*. Je regagnai le parasol, dénichai mes lunettes de myope dans un paquet de chips et scrutait méthodiquement la mer agitée depuis peu par un vent tournant. Elle n'était plus là. Je criai en direction de Romain :

— Tu sais où est ta mère ?

— Je crois qu'elle nage...

— Où ça ?

— Chais pas !

Bien. Je laissai l'angoisse monter en moi. Était-ce la chaleur ambiante, le rosé de Provence ou la fatigue accumulée durant l'année mais, curieusement, je parvins à ne pas paniquer.

Je me statufiai, les pieds caressés par les vague-lettes, étrangement calme. Voilà, elle s'était noyée, elle était morte. J'étais seul maintenant.

Le vide s'installa dans mon corps flageolant. Que devais-je faire? On prévient les CRS dans des cas analogues mais j'ai toujours éprouvé des difficultés à communiquer avec l'Autorité.

Bizarrement, je n'avais même plus envie de me battre, de ratisser les fonds sableux pour remonter le corps. Je m'avançai vers l'eau, résistai vaillamment à sa fraîcheur et, comme hypnotisé, écartai les vagues lentement, déterminé. Je m'éloignai ainsi d'une cinquantaine de mètres du rivage. Puis je la vis.

Elle nageait vers moi à bonne distance de la plage. Elle m'aperçut et me fit un geste de la main. Alors, calmement, apaisé, je me laissai dériver vers elle, méprisant les planches à voile qui s'évertuaient à semer la terreur alentour. Oui, je repoussai fermement le clapotis et l'idée me vint que le monde était comme il devait être. Et que ma vie ressemblait à cette image figée d'un homme égaré progressant vers une jeune femme souriante qui ne pleure qu'au cinéma.

DU MÊME AUTEUR

Aux Éditions Gallimard

GANGSTA RAP
LA PORTE DE DERRIÈRE (Folio Policier n° 69)
CORVETTE DE NUIT
LA DAME EST UNE TRAÎNÉE
LE ROI, SA FEMME ET LE PETIT PRINCE
CAUCHEMARS CLIMATISÉS
IN THE BASKET
BALLON MORT
LE SENTIER DE LA GUERRE

Aux Éditions L'Atalante

UN JOUR JE SERAI LATIN LOVER (Folio n°3568)
J'AURAIS VOULU ÊTRE UN TYPE BIEN (Folio n° 3569)
BONJOUR, JE SUIS TON NOUVEL AMI

Aux Éditions Rivages

MADE IN TAÏWAN
DU BÉTON DANS LA TÊTE
CŒUR SOMBRE
ROUGE EST MA COULEUR
DANS LES RAYONS DE LA MORT
LA VIE D'ARTISTE
DÉMONS ORDINAIRES

COLLECTION FOLIO

Impression Bussière Camedan Imprimeries
à Saint-Amand (Cher),
le 21 septembre 2001.
Dépôt légal : septembre 2001.
Numéro d'imprimeur : 13134-012492/1.
ISBN 2-07-041449-3./Imprimé en France.